KB130348

미류나무

미류나무

1판 1쇄 발행 2023년 6월 12일

저자 정상진

교정 신선미 **편집** 김다인 **마케팅·지원** 김혜지

펴낸곳 (주)하움출판사 **펴낸이** 문현광

이메일 haum1000@naver.com **홈페이지** haum.kr
블로그 blog.naver.com/haum1000 **인스타그램** @haum1007

ISBN 979-11-6440-329-5(03810)

좋은 책을 만들겠습니다.
하움출판사는 독자 여러분의 의견에 항상 귀 기울이고 있습니다.
파본은 구입처에서 교환해 드립니다.

미루나무

정상진 장편 소설

프롤로그
(Prologue)

꿈 많고 풋풋했던 열아홉 소녀 시절

전쟁으로 인한 인연들과의 이별과 이어진 고된 피난 생활

여러 시대적 사건들로 인해 어그러진 채 살아야 했던

그러나 그 삶마저도 온전히 받아들이지 못하고

젊은 나이로 세상을 떠난 한 여인의 생의 흔적을

누군가는 기억해야 하기에

예전 우리들의 곁에 흔하게 있던 미류나무가

우리의 추억 속에서 너무도 쉽게 사라져 버렸듯이

그 여인에 대한 기억도 모두 다 사라지기 전에

되잡아야 하지 않을까.

··· 차례 ···

회상

우수 경칩이 지났다 해도 옷 사이로 스며드는 아침 녘 바람은 자연스레 몸을 움츠리게 한다.

허나 개울가 버들강아지는 솜털 입은 눈송이를 피운 지 꽤 되었고 집 울타리에 얽혀 있는 개나리도 꽃망울이 부풀어 오르기 시작하여 노르스름한 빛을 띠기 시작했다.

일요일 아침 햇살이 동산을 막 넘어설 때 남색 비로도 치마에 흰 누비저고리를 입은 가녀린 젊은 여인이 열한두 살 되어 보이는 여자아이의 손을 잡고, 마을 한가운데 논두렁길을 가로질러 가는데 불어오는 바람 탓인지 아니면 원래 병약해서인지 걸음걸이가 휘청인다.

"추운데 집에 있지 않고?"

"할머니가 엄마 손 꼭 잡고 다녀오라 했어요."

여인과 아이가 두런두런 이야기를 나누며 걷는 걸음걸이에 건너편 언덕배기 교회에서 울리는 종소리가 작은 마을과 들판에 비단결같이 곱게 퍼진다.

"엄마, 저기 기차 가는 거 같아요."

아이가 가리키는 곳에는 부지런한 농부가 나와 논두렁을 태우고 있어, 멀리서 보니 누런 철길을 까아만 화차가 열 지어 가는 것만 같아 보인다.

"어디? 정말 그러네, 우리 정순이 기차 타고 서울 이모네 가보고 싶지 않니?"

"기차도 타보고 싶고, 서울도 가고 싶어요. 근데 엄마, 우리가 갈 수 있을까요? 엄마 몸이 안 좋아서."

"지금은 괜찮아, 정순이 올 여름방학 때 엄마랑 서울 이모네 다녀오자."

"좋아요, 너무 좋아요."

아이는 신이 났는지 걸음걸이가 깡총거리기 시작했고 그런 아이의 손을 놓칠세라 여인의 휘청이는 몸이 버드나무 가지처럼 휘어진다.

마을 언덕배기 위의 작은 교회 안에는 너댓 명이 앉을 수 있는 책받이가 달린 긴 나무 의자가 가운데 통로를 두고 양옆으로 대여섯 개씩 놓여 있다. 좀 일찍 온 탓일까

예배당 안에는 아무도 없이 그저 적막하고, 아직은 날이 쌀쌀한 탓에 통로 한가운데에는 조개탄 검은 무쇠 난로에 불이 피워져 있다.

여인은 아이가 난로의 불빛이 잘 보이도록 자리를 잡아 한쪽 옆에 앉히고는 자신은 한 자리 건너 조용히 의자에 앉아 두 손을 책받이에 올려 모으고는 눈을 감고 묵상을 시작한다.

지난겨울 동안 몸의 건강이 좋지도 않았거니와 날이 유난스럽게도 추운 날들이어서 언감 마을 건너에 있는 교회에 예배를 다녀오기란 마음이 있다 해도 쉽지 않은 일이었기에, 우선 교회에 나오지 못한 것에 반성하고, 또 지난 겨우내 한 번도 소식을 들을 수 없었던 친정어머니와 동생들의 안부를 걱정하며 내내 무고하기를 기도한다. 그러는 사이 난로 불빛의 기운인지 아님 쇠약한 기운 탓인지 몸이 가라앉는 듯함을 느끼며 설핏 잠에 빠져드는데 몸은 옛 고향 마을 앞 강가의 섶다리 위에 서 있었다.

나의 살던 고향은

수수골의 재순이

“재순이 어디 가네?”

황주 읍내로 아버지 심부름 다녀올 요량으로 마을 앞 강가 섶다리를 건너다 말고 맑은 강물에 비치는 송사리 떼에 정신 팔려있는데, 누가 그런 재순이를 아는 체한다.

“어 현택 오라바이, 방학 돼서 집에 오는 거네?”

“그래, 그런데 게서 뭐 하는 거네?”

“어, 아바지 심부름으로 읍내에 다녀오려고. 근데 우리 재환 오라바이는 같이 아이오나 보네?”

“재환이는 학생회 활동이 있어서 그거 마치고 다음 주

에나 내려온다 하더라."

현택이는 매년 홍수 때마다 떠내려가는 섶다리를 대신해 작년에 새로 놓은 소달구지가 넉넉하게 다닐 수 있는 다릿길 위에서 재순을 내려다보며 반갑게 인사를 나눈다.

"우리 재순이 이번 학기도 공부 잘했다고 하더라."

"누가 그러던데?"

"재환이가 그러던데, 이제 내년에 재순이도 대학 갈 준비 해야겠네?"

"모르겠다, 어마이는 보내 준다 하는데 아직 아바지는 말씀이 없으시네. 재환이 오라바이 학비로도 힘든데 나까지 대학 가면 부모님이 너무 힘들 거 같아서."

"우리 재순이는 미대에 가고 싶다 했지?"

"그러기는 한데, 모르지 뭐 내년에 가 봐야겠지."

"그래 언능 다녀오라. 아 그리고… 아이다, 해 떨어지기 전에 언능 다녀와라."

현택이는 무슨 말을 더 하려다 말고 가던 다릿길을 건너 집으로 향하고 있다.

"오라바이, 뭔 말을 하다 말고 가네?"

"아이다, 그럼 이따 저녁 먹고 섶다리로 나오라."

"왜?"

"그냥 나오라."

"알았다, 내 언능 다녀올 거다."

섶다리 위에 멈춰 서 있던 재순은 냉큼 섶다릴 건너 들판 길을 내달리고 있다.

읍내 대장간에 들르니 아버지가 며칠 전 맞춰 놓았다는 전지가위 두 개를 내어준다. 대장간 주인에게 인사하고는 막냇동생이 좋아하는 과자점에 들러 단팥빵 한 봉지를 사 들고는 왔던 들판 길을 냅다 달리는데, 어딘가 모르게 잔뜩 신이 나 있는 모양새다.

"어마이! 어마이!"

"아바지 심부름은 잘 다녀온 거네?"

"네, 현택이 오라바이 내려왔어요."

"그래? 재환이 오라비는 같이 안 온다 하더네?"

"재환 오라바이는 학교에서 학생회 활동이 있어서 그거 마치고 다음 주에나 내려온다 하던데요."

"공부만 하기에도 시간이 바쁠 텐데 뭔 학생활동을 한다고, 이번에 내려오면 단단히 야단쳐 놔야지 원, 쯔쯔."

재순 어머니는 아들이 혼란한 시국에 괜히 휩쓸리지나 않을까 하는 걱정으로 말끝에 혀를 차며 부엌으로 들어간다.

해방이 되었다고는 하나 삼십팔도선이 남과 북을 갈라놓았고 결국 남쪽에선 대한민국이, 북쪽에선 조선민주주의 인민공화국의 수립이 선포되었다. 남과 북이 체제도 다르고 사상도 서로 다른 나라가 구성된 것이다.

해방 후 4년여간 무슨 당이니, 무슨 단체니 하면서 혼란스럽게 하더니 종국에는 남쪽은 미국이 주도하는 나라가, 북쪽은 소련이 주도하는 나라가 만들어진 것이다.

이제는 정말로 남쪽으로 갈 수도 없고 서신 왕래도 안 되고 해서 남쪽의 사정을 알 길이 없어졌으니, 그저 북쪽에서 일어나는 일들만이 일상이 되었다. 오랜 기간 일제의 억압과 속박 속에서 살아야 했고 이제 겨우 그 억압과 속박에서 벗어나나 했는데 나라는 둘로 쪼개진 데다, 북쪽은 소련이 들어와서는 도처에서 주민들의 재물을 약탈하고 또 산업시설마저도 자기 나라로 반출해 가는 등 그 폐해가 오히려 일제시대보다 더하다는 주민들의 원성이 팽배해지고 있다.

그러는 중에 나라에서는 군대를 늘리고 만주와 북중국 등 국공내전에서 활동했던 전쟁 경험이 있는 병사들을 편입시키는가 하면, 팔로군(八路軍)까지 수만 명이 북쪽 지역으로 들어왔다고 한다.

"재환 아바지, 이번 방학에 재환이 내려오면 단단히 야단 좀 치소."

"왜, 뭔 일이 있소?"

"오늘 윗집 현택이는 방학하자마자 바로 내려온 모양인데 재환이는 무슨 학생활동인가 뭔가 한다면서 아이 내려왔지 않소."

재순이가 읍내에 다녀오고 아버지가 과수원 일을 마치고 와서는 가족 모두가 둘러앉아 저녁밥을 먹는 자리에서 재순 어머니가 남편한테 아들에 대한 단속을 당부하고 있다.

"그러게 말이요, 요새 세상 돌아가는 게 예사롭지 않기는 한데, 대학이라는 데가 어디 공부만 하는 데라야지."

"학교가 공부만 열심히 하면 됐지, 뭔 학생활동을 한다고. 아무튼 이번에 내려오거든 절대 바깥세상에 눈길 주지 말라고 하소."

"어마이, 오라바이가 현택 오라바이 말로는 학교에서 학생회 무슨 간부라 하던데 어찌 그리하겠어요."

재순이 걱정스러운 분위기에 한마디 거든다.

"언니, 현택 오라바이 만났나? 아니, 집에 내려왔나?"

재순의 바로 아래 여동생 재신이가 밥숟가락을 입에 문 채 눈을 동그랗게 뜨고는 현택이 내려왔는지 묻는다.

"어쩐지 언니 얼굴이 확 밝아졌다 했다 아이가."

"애는 무슨 내가 그렇다고, 괜히 어마이 아바지 오해하시겠다."

재순은 동생의 말을 황급히 얼버무리며 일어서 부엌으로 들어간다.

"왜, 벌써 다 먹은 거네?"

"아까 읍내 다녀오면서 단팥빵 하나 먹었더니 배가 안 고프네요."

재순이 부엌에서 마실 물을 떠다 아버지 밥상에 올리고는 바로 바깥마당으로 나가 괜히 빙글빙글 마당 가를 맴돈다.

"너 언니 왜 저러네?"

"어마이, 재순 언니 저러는 거 현택 오라바이 내려와서 안 그러요."

둘째 딸의 말에 아무런 대꾸를 하지 않은 채 어머니는 막내아들 밥 먹는 것을 챙겨준다.

마당 가를 빙빙 돌던 재순은 어느 순간 현택이가 섶다리 위로 다가서는 것이 보이자 이내 동네 골목을 쏜살같이 내려와 섶다리로 향하고 있다.

"현택 오라바이, 뭐 이리 일찍 나왔네?"

"좀 있으면 어두워질 텐데, 그래 좀 서둘러 나오지 않았네. 밥은 먹고 나왔네?"

"오라바이도 저녁 먹었네?"

"그래 오랜만에 집에 왔더니 어마이가 아주 맛나게 해 주셨다."

"아주마이 많이 좋아하셨겠네?"

"그래, 많이 좋아하시더라. 그나저나 재환이 오지 않았다고 어마이 아바지 서운 안 하시더네?"

"왜 안 그러시겠네, 어마이는 재환 오라바이 학생회 활동하는 거 때문에 걱정이 많으시다. 아바지는 겉으로 내색은 안 하시는데, 글치만 아바지도 안 그러시겠네? 이번 방학에 오라바이 내려오면 아주 단단히 야단칠 모양이던데."

"내도 좀 걱정이 되긴 한다. 내년이면 3학년 돼서 본격적으로 학생회 활동을 할 터인데, 학교 분위기도 그렇고 평양 시내 분위기도 많이 안 좋다."

"그래? 그럼 오라바이가 우리 재환 오라바이 좀 말려주지 않고."

"말은 몇 번 했는데, 재환이는 그리 심각하게 하는 거 아니라고 걱정하지 말라 하더라. 자기도 부모님이 걱정하는 것도 다 알고 있다고 하기도 하고."

"그래? 재환 오라바이가 뭐 똑똑한 사람이니 크게 걱정은 안 하는데, 나라가 조용하지 않으니 어마이 아바지가 걱정하시는 거겠지."

"이번 방학에 내려오거든 아주 단단히 일러두시라 해."

"알았다, 내 그리하시라 하지. 근데 오라바이 손에 들고 있는 거 뭔데? 나한테 줄 거네?"

"아이다, 내 거다."

"뭔 오라바이 거면 뭐 하러 들고나왔을까."

둘은 섶다리를 건너 의주에서 서울까지 연결된 경의선 철길을 나란히 걷고 있었다. 철길이라 해도 삼십팔도선이 막히고부터는 하루 오전에 한 번, 그리고 오후에 한 번 오가는 기찻길이어서 윗동네 주민들은 곧잘 황주 읍내에서 마을로 다닐 때 이곳을 이용하곤 한다.

한여름이라 저녁 낮이 꽤 길게 이어진 것도 있고, 철길이 들판을 가로질러 있기에 어둡거나 해서 걷기에 불편하지는 않다. 멀리 황주 읍내의 불빛들이 어지간히 도드라지기 시작할 때까지 둘은 철길을 걷고 또 걷는다.

"오라바이, 우리 이러다 심촌역까지 가겠다. 이제 그만 돌아서 걷자."

"언제 이리 멀리 왔나? 내 우리 재순이랑 있으면 시간이 어찌 가는지 모르겠다. 아, 그리고 이거 재순이 너 줄라고 평양에서 사 왔다."

"뭔데? 오라바이 거라며?"

"그림물감이다. 너 미술 공부하는데 필요할 거 같아서 평양에서 젤 큰 화방에 가서 내 샀다."

"참말이네? 많이 비쌀 건데?"

"괜찮다, 내 용돈으로 산 거다."

"고맙다 오라바이, 내 잘 쓸게."

"그래 그림 연습은 많이 하네?"

"많이는 못 한다. 학교 끝나고 집 오면 과수원 일 도와드려야 하고 또 동생들 챙겨야 해서."

"그렇겠구나. 그래도 이제부터는 많이 그려보도록 해야 하지 않겠네? 미대는 실기가 중요하다고 들었는데."

"그렇다. 그래도 아직 시간이 좀 있고 겨울방학 때는 과수원 일도 없으니까 그때 연습 많이 하면 되니, 오라바이 걱정 안 해도 된다."

"재순이는 어느 미술 분야를 하고 싶네?"

"내는 러시아 작가인 바실리 칸딘스키처럼 추상미술을 하고 싶다."

"나는 미술에 대해 잘 모른다. 그 추상미술이란 게 나같이 일반인들이 봐서는 잘 알 수가 없는 어려운 거 아니네?"

"그리 어렵게 생각하지 않아도 된다. 내가 하고 싶은 추상미술은 객관적인 대상을 그대로 표현하는 데서 벗어나, 개인이 각기 가지고 있는 감정을 표현하는 그런 작품을 하고 싶은 거다."

"그 말은 곧 사물을 본질적이고 현실적으로 표현해 왔던 지금까지와는 다른 표현이라는 거 아니네?"

"어, 오라바이 잘 아는구만. 추상미술이라 불리는 게 얼마 안 돼서 일반 사람들한테는 많이 낯설 거다."

"그렇구나. 암튼 재순이 네가 한다니 오라바이가 열심

히 응원하구마."

건던 철길을 되돌려 섶다리 근처에 다다랐을 때는 이미 황주 읍내의 불빛들이 꽤나 촘촘히 보이기 시작했다.

"벌써 많이 늦은 거 같다. 부모님 걱정하시기 전에 언능 집에 들어가라."

"괜찮다, 오라바이하고 나간 거 아실 거다."

"나하고 나간다고 말씀드렸네?"

"아이다, 재신이하고 재봉이가 말씀드렸을 거다. 동생들이 눈치가 얼마나 빠른지 모른다."

"그렇구나, 우리 재순이는 누굴 닮아 동생들과 다른지 모르겠다."

"나는 우리 아바지를 닮았고 동생들은 우리 어마이를 닮아서 뭐든 날래다."

"재환이도 동생들과 성격이 비슷한 거 같은데, 어찌 우리 재순이만 이리 참한지 모르겠다."

"오라바이가 잘못 안 거다. 나도 그리 참하지 않다."

"알았다, 진짜 더 늦으면 다 큰딸 찾아 나오시겠다."

"알았다, 오라바이 방학 내내 집에 있을 거네?"

"아이다, 나도 보름 정도 집에 있다가 평양에 올라갈 거다. 학교 가서 못 했던 공부도 해야 하고."

"그럼 우리 얼마 못 보겠네?"

"방학 때마다 내려올 텐데, 왜 우리 재순이 서운하나? 오라바이 많이 못 봐서?"

"아이다, 내 들어간다. 오라바이도 잘 들어가라."

"아, 재순아!"

집으로 들어가는 재순을 향해 현택이가 한마디 보탠다.

"우리 다음 주일에 성불사 다녀올까네?"

"성불사? 교회는 어찌하고?"

"아침에 교회 예배 마치고 다녀오면 시간 넉넉할 거다."

"알았다 오라바이, 그리하자. 잘 자라 오라바이."

"재순이도 잘 자라."

재순이 집으로 들어서는 것을 확인하고는 현택은 재순네 집 두 채 뒤에 있는 자신의 집으로 가벼이 발걸음을 옮긴다. 어느덧 시간은 밤 열 시에 다다르고 있었다.

"재순이 상기 아이 들어온 거 같지 않소?"

"재신이 말에 현택이랑 나갔다 하니 곧 들어올게요."

"당신은 어마이가 다 큰 딸래미 밤늦도록 아이 들어와도 걱정이 아이 되오?"

"뉘기랑 어데 간지 아는데 뭐 걱정하겠어요."

"참 당신은 현택이 생각하는 게 많이 남다른 거 같소."

"우리 재환이도 그렇지만 현택이도 어데 그만한 친구가

있겠어요? 우리 재순이가 따르는 게 당연하지요."

"재환이나 현택이나 어려서부터 아래 윗집에서 싸움 한번 안 하고 공부까지 잘해서 저리 대학 다니는 거 보면 참 장하긴 해요. 어여 세상이 좀 조용해져야 할 텐데 들리는 바깥소식은 그렇지 않으니, 나가 있는 재환이도 그렇지만 또 내후년이면 대학 다녀야 하는 재순이도 걱정이 되는구려."

"재순이 대학 보내기로 맘 먹었는가 보네요."

"그럼 아이 보내겠소, 그림 그리는 거 그리 좋아한다는데. 밤이 늦었소, 어여 잡시다."

그동안 큰딸 대학 보내는 것에 대해서는 가타부타 아무 말 없던 아버지가 이제는 보내기로 마음먹은 듯한 말을 던지고는 자리에 돌아눕는다. 그 모습을 물끄러미 바라보는 어머니 얼굴에 옅은 미소가 지어진다.

"사과밭 제초하러 가네?"

바지게를 뺀 알지게를 지고 손에는 낫 한 자루를 들고 마을 끝 집을 돌아 나오는 재순 아버지 정길을 현택 아버지 규태가 보고는 아침 인사를 한다.

"아랫골은 지난번에 한번 깎아줘서 괜찮은데, 윗골은 손을 못 댔더니 풀이 산이 됐길래 한번 깎아줘야 할 거 같아서. 아, 어제 현택이 오는 거 같던데?"

"와? 재환이는 다음 주에 내려온다면서?"

"그런다 하대. 오겠지 뭐, 과수원에 뭐 일할 거 있네?"

"한번 둘러보려고. 그래도 올해는 냉해도 없고 또 아직까지는 병충해도 안 오고 한데, 이게 가을까지 갈는지."

"이제 뭐 큰 태풍만 안 오면 좋겠구만."

"그기야 어디 사람 힘으로 될 일이가, 하나님께 기도나 열심히 하세."

"애들 대학 보내려면 올해도 사과 농사 잘돼야 할 텐데."

"사과만 잘되면 뭐 하겠네, 공판가격을 잘 받아야지. 작년에는 소출이 적어서 사과금은 괜찮았는데."

"수확이 좋아도 걱정이지, 올해 가을까지 큰 피해 없이 수확하면 소출이 많아져 가격을 많이 못 받을 텐데."

"뭐 그래도 별 피해 없이 잘 수확했음 좋겠네."

"자네 혹시 일본에서 새로운 사과 품종 만들었다고 하는 소리 못 들었네? 내 듣기엔 우리 국광 사과보다 맛도 좋고 병해에도 강한 품종이라 하던데, 뭐 후지 사과라 하던가."

"부사 사과라 하는 거? 나도 듣기는 했다네. 근데 그게 우리나라까지 들어오려면 꽤 시간이 걸리지 않겠네?"

"그렇겠지."

둘은 대화를 마치고 각자의 과수원으로 향하는데, 걸어

가는 과수원길의 풀들이 정강이까지 치어서 아침에 새로 입고 나온 정길의 모시 잠뱅이 아랫단에 이슬이 젖는다.

"어마이, 어마이!"

"넘어지겠다, 뭔 일이 있깐 그래 뛰는 거네?"

"어마이, 재환 오라바이 와요."

더위가 맹위를 떨치는 칠월 하순 일요일 점심나절. 재환이 평양에서 내려오는 것을 마을 앞 강가에서 물놀이하던 셋째가 신발 벗은 채로 뛰어 들어와서는 안마당 우물가에서 채소를 씻던 어머니와 재순에게 소리친다.

"뭐래? 오라바이 온다네?"

반사적으로 씻던 채소를 함지박에 내려놓고는 재순이 몸을 돌려 뛰어 들어오는 재신을 향해 되묻는다.

"그렇다니까, 저기 신작로에서 들판으로 들어오는 거 보고 재봉이는 오라바이 맞으러 갔고 나는 어마이한테 알리러 온 거다."

"그래? 같이 나가보자."

재순이 뛰어 들어와 숨을 할딱거리는 재신의 손을 이끌고는 냉큼 대문 밖으로 사라진다.

뛰다시피 마을 골목을 돌아 강가에 도착하니, 벌써 오라바이와 재봉이는 상봉을 하여 섶다리를 건너고 있다.

"재순이 재신이, 잘 있었네?"

"오라바이, 어찌 이리 늦게 오는 거네? 현택이 오라바이는 지난 주일에 왔는데."

"학교 일이 있어서 그거 마치고 오느라고. 아바지 어마이 집에 계시네?"

"아바지는 과수원에 가셨고 어마이는 집에 계신다."

"그래, 날래 가자."

재환이 한 손엔 가방 보따리를, 한 손엔 마중 나온 막냇동생의 손을 잡고 골목길을 걷는데, 모퉁이를 돌아보니 대문 밖으로 어머니가 나와서는 오는 아들을 기다리고 있다.

"어마이, 잘 계셨지요?"

"어여 오라, 더운데 먼저 씻으라. 재순아, 오라비 물 좀 받아주거라."

어머니는 재순에게 오라비 세숫물을 받아주라 하고는 부엌으로 들어가 시원한 미숫가루를 한 주발 타서 내 온다.

"더운데 어여 마시라."

"밥도 제대로 못 먹었게, 어찌 이리 삐쩍 말랐네."

어머니는 오랜만에 집에 온 장남의 얼굴을 두 손으로 쓰다듬으며 안타까움에 연신 얼굴을 매만진다.

"잘 먹고살았음다, 어마이. 어데 편찮으신 데는 없으신 거지요?"

"없다. 재신아, 아바지한테 가서 오라비 왔다 전해드려라."

정길이 사과나무 아래 길게 자란 풀을 베다 아카시아나무 아래에서 잠시 쉬고 있는데, 일을 마치고 집으로 가던 규태가 옆자리를 부벼 앉으며 근심스러운 표정을 짓는다.

"그새 뭔 일 있네?"

"아침까지는 조용하더니 웬 바람이 이리 심상찮네?"

"그러게, 불어오는 게 남서풍 아니네?"

"며칠 전 라디오에서 태풍이 생겨가지고 중국 쪽으로 올라갔다 하더만, 그게 상기 안 죽고 있는 거 아니네?"

"뭐이 어드래? 태풍은 육지로 올라가면 없어지는 거 아니었네?"

"나도 그리 아는데, 그럼 뭔 아침에 없던 바람이네?"

"좀 있다가 집에 들어가서 날씨 나오면 들어봅세."

엉덩이 바짓가랑이를 툭툭 털며 일어나는데 과수원 아랫골에 둘째 딸이 숨을 할딱거리며 걸어오는 게 보인다.

"아바지!"

"뭔 일 있네? 지금 내려갈라 하는데 왜 오는 거네?"

"아바지, 어마이가 재환 오라바이 왔다고 전해드리래요."

"오라비 왔네? 좀 전에 신작로에 뉘 걸어오는 게 보이더만 그기 재환이였구만. 글치 않아도 지금 내려가려 했다. 가자, 재신아. 자네도 내려갈 거 아니네? 갑세. 아, 그리고 라디오 일기 뉴스 나오면 알려주고. 태풍이 아니어야 할 텐데."

"알았네, 아닐끼야."

규태의 대답을 뒤로하고 딸래미와 과수원 뚝방길을 걷는 정길이 빈 지게의 작대기로 풀 섶을 툭툭 치자 놀란 메뚜기들이 화들짝 이리저리 사방으로 날아간다.

"재환이 온 거네?"

"네, 아바지. 별일 없으셨구요?"

"별일 없다. 니도 별일 없었고? 지난 주일에 현택이는 왔는데 니는 안 와서 네 어마이 걱정 많이 했다 아이네."

정길은 아들과 인사를 나누며 지고 있던 빈 지게를 헛간에 뉘어 놓고는, 우물가로 가 물을 한 바가지 퍼서는 목을 축이고 남은 물을 발에 휙 하니 뿌린다.

모처럼 가족 모두가 마루 위에 차려진 밥상에 둘러앉았다. 재순과 재신은 콩을 삶고 맷돌에 갈아 고운 체로 걸러 콩물을 만들었고, 어머니는 밀가루를 반죽해 넓더디하게 밀어 썰어 고운 채발을 만들어서는 이내 삶아 찬물에 휭하니 식혀서는 그릇그릇 담아낸다. 텃밭에서 따온 오이를 채 쳐서 국수의 고명으로 올리니 보기에도 먹음직스럽다.

"재환이가 오늘 올 줄 알았으면 밥이라도 준비하는 건데, 저녁에 밥해 줄 터이니 우선 이리 먹자."

"여름에 이리 먹는 게 최고 아니네? 재환이 안 그러네?"

"그렇습니다, 아버지."

재환의 환한 얼굴에 어머니는 얕은 안도의 표정을 지으며 식사 기도를 올리려 두 손을 모아 꽉 주먹 쥠을 하고는 기도를 올린다.

"자, 그럼 우리 다 같이 기도하자."

"전능하시고 영원하신 하느님 아버지, 오늘도 우리에게 일용할 양식을 내어주시고 가족 모두가 한자리에 앉아 식사를 할 수 있게 하여 주심에 감사드립니다. 또한 멀리 나가 있는 우리 장남 재환이가 무사히 공부하도록 도와주시는 주님의 은혜에 감사드리며, 세상이 어지러우나 주님의 지혜로 헤쳐 나갈 수 있기를 기도드리고, 이 자리를 함께 하시어 이 가정에서 작은 천국을 누릴 수 있도록 예수님의 이름으로 기도드립니다, 아멘."

"사과 농사는 괜찮습네까?"

"아직까지는 냉해도 병해도 큰 피해 없는데, 오늘 부는 바람이 좀 예사롭지가 않은 거 같다. 수확 때까지 날씨가 도와주어야 할 텐데. 날씨 예보 좀 챙겨보라고 아까 현택 아바지한테 말해 뒀는데 들어보면 알지 않겠네."

재순 아버지가 콩국수 국물을 후루후루 들이키며 조금은 걱정되는 얼굴빛을 보인다.

"재환 아바지, 넘 걱정하지 마소. 지금까지 다 하나님께서 도와주시지 않았네요?"

"그렇기는 한데, 암튼 이따 현택 아바지 만나서 얘기 들어보면 알겠지. 어여들 먹자, 콩물을 아주 잘 내었구만."

"저하고 재순 언니가 내렸드래요."

아버지의 칭찬에 둘째 딸 재신이 득의양양하다.

"그래, 재순이 시집가기 전에 어마이한테 음식 만드는 거 많이 배우거라. 너 어마이 음식솜씨는 동네에서 다 알아주지 않네."

"아바지도, 저 시집가려면 아직 멀지 않았습네."

재순은 내심 미술 공부를 하고 싶은데 아버지가 학교 보낸다는 말씀은 아니 하고 시집 말씀을 꺼내는 것에 적잖이 서운한 표정을 짓는다.

"재순이 넘 걱정하지 마라."

"어마이, 왜요?"

"아바지가 너 대학 보낸다 생각하고 계신다."

"네? 참말이요, 아바지?"

조금 전 서운해했던 재순의 낯빛에 환한 미소가 퍼진다.

저녁을 먹고 나왔는데 불어오는 바람이 낮보다 더 심해진 게 예사롭지가 않다. 한껏 걱정스러운 표정을 짓고 마을 입구 정자로 나가니, 이미 규태가 나와 있다.

"벌써 나왔네? 저녁은 먹고 나온 거네?"

"먹고 나왔다."

"그래, 라디오 일기예보는 들었네?"

"중앙기상대에서 태풍주의보 내렸다."

"뭐이 어드래? 그럼 낮에 말했던 그 태풍이 상기 살아 있었다는 거 아니네?"

"그렇다 하드라. 뭐, 태풍 이름이 글로리아라고 하던가, 암튼 이 태풍이 중국 상해로 올라갔다가 방향을 틀어서 다시 서해로 나와서 황해도 옹진반도로 상륙할 거라 하더라."

"뭐라, 옹진반도면 바로 여기로 온다는 거 아니네? 언제 올라온다 하더네?"

"예보로는 모레 새벽녘이라 하더라."

"올해에는 태풍 없이 지나가길 바랐더만 뜻대로 안 되는구나."

"하늘이 하는 일 우리가 어째하겠네, 그래도 상륙할 때 되면 세력은 많이 약해질 거라던데 그나마 다행 아니네?"

"그래 되면 좋겠지만, 어쨌든 내일은 사과나무 지지대를 단단히 고쳐 매야 안 하겠네?"

"그리해야지. 그나마 아직 과실들이 크기 전이라 다행 아니네?"

"왜 안 그렇겠네. 가을 수확 때 다 돼서 들이닥치면 속수무책이긴 하지. 마침 재환이도 왔고 자네 집도 현택이 내려와서 따로 손 보탤 일은 없겠구나."

둘이 그렇게 날씨를 시작으로 세상 돌아가는 이야기를 주고받고 있는데 동구 앞 강가를 재순과 현택이 나란히 걷고 있는 게 보인다.

"바람이 무시 이리 쎄졌다네. 현택아, 니 쪽 줄 좀 가지 부러지지 않게 조심히 더 당겨보라."

"네 아바지, 이리하면 됩니까?"

"그래, 됐다. 거기 지지대에 단단히 묶어라."

"태풍이 올 때가 다 돼서 그런지 바람이 몹시 강합네다."

"낼 새벽녘에 옹진반도로 상륙할 거라 하니 안 그렇겠네? 다행히 이번 태풍은 중국 내륙을 타고 올라갔다 오는 거라 바람의 세기가 그리 쎄지는 않을 거라 하는데, 그래도 미리 준비해 둬야 피해가 적지 않겠네."

"아바지, 지금 계절의 태풍보다 가을에 오는 태풍이 젤 피해가 크지요?"

"그렇지, 그땐 과실들이 다 커서 바람이 조금만쎄게 불면 낙과가 돼서 피해가 막심하지 않네."

태풍 바람에 혹여 사과나무가 부러지지나 않을까 하여

규태는 아들과 사과나무 가지에 매어져 있는 지지대의 줄을 다시금 고쳐 매는 중이다.

"어이쿠!"

"아바지!"

사다리 위에서 휘어진 가지에 매여 있는 줄을 잡으려다 그만 규태는 중심을 잃고 땅으로 떨어지고 만다. 아들 현택이 쥐고 있던 지지 줄을 던져 놓고는 급히 가서 규태를 부축하려 했으나, 규태는 고통만 호소할 뿐이다.

"아바지, 이리 다리를 좀 뻗어 보시라요."

"아아! 아이고, 잠시만 있어 보자."

"무릎이 부어오르는 게 얼른 읍내 의원에 가 봐야 할 거 같습네다."

"잠시 기다려 보자."

규태는 떨어져 넘어져 있던 몸을 고쳐 앉아 다리를 들어보려 했지만, 무릎 쪽에 통증을 느낄 뿐이다.

"기다려 본다고 될 거 아입니다, 아바지. 저한테 기대서 걸어보실 수 있겠습네까?"

간신히 규태를 일으켜 세운 현택이 자신의 어깨에 아버지를 반쯤 걸쳐 안고 과수원 둑길을 내려가고 있는 것을 맞은편 사과밭에서 작업을 하던 재환이 보게 된다.

"아바지, 현택이네 아저씨 다치신 거 같은데요."

"어데? 저런, 어여 가 봐야 하지 않네."

재환 부자가 하던 일을 내팽개치고 규태를 부축하며 걸어 내려오는 둑길로 달려간다.

"어데 많이 다쳤네?"

"네 아저씨, 아바지가 사다리에서 떨어지셨는데 걷지를 못하십네다."

"이래 해 봐라. 아이, 너는 그쪽만 잘 잡그라. 이쪽은 내 잡을 테니."

"별거 아닌데 뭘 오네? 하던 일이나 하지 않고."

"일이 대수네? 조심하지 않고. 재환이는 어여 집에 가서 손수레 꺼내 놔라."

재환이 냅다 집으로 달려가서는 헛간에 있던 손수레를 급하게 꺼내 나오자 그 모습을 본 재순이 놀라 쫓아 나온다.

"오라바이, 뭔 일 있네?"

"현택이네 아저씨가 사과밭에서 작업하다 다치셨다."

"뭐라? 많이 다치셨네?"

"잘 모르겠다, 어여 읍내 의원으로 모시고 갈라 한다."

재환이 손수레를 끌고 과수원 입구로 달려가는데 그 뒤를 재순이가 쫓는다.

부축을 받으며 간신히 과수원 끝너미까지 내려온 규태를 현택과 재환이가 안다시피 하여 손수레에 태우고는 냅다 마을 길을 달려 나가고, 그 모습을 재환 아버지와 재순이 지켜보고 안타까워하고 있다.

"참, 재순아. 언능 현택이네 가서 아주마이께 알려드려라."

"네, 알겠습네다."

아버지의 말이 끝나기 무섭게 재순은 현택의 집으로 달려간다.

"아주마이! 아주마이!"

"재순이 뭔 일이네?"

"아주마이! 오라바이 아저씨 다쳐서 지금 읍내 의원으로 가시고 있습네다."

"뭐라? 언제? 많이 다치셨네? 아이다, 그럼 지금 현택이랑 같이 있드나?"

"네. 현택 오라바이랑 우리 재환 오라바이가 아저씨 모시고 읍내 의원으로 가고 있습네다."

재순의 갑작스러운 소식에 현택 어머니는 어찌할 줄 모르고 허둥지둥이다.

"오라바이 둘이서 아저씨 모시고 갔으니 아주마이 넘 걱정하지 마시어요."

"그래, 알았다. 내 언능 준비해서 가 봐야겠구나."

"아주마이, 저랑 같이 가시어요."

"아이다, 내 혼자 가도 된다. 너는 집에 가거라."

"괜찮습네다, 우리 아바지께 말씀드렸습네다."

바삐 채비를 마친 현택 어머니를 재순이 동행하여 읍내 의원으로 가기 위해 섶다리를 건너는 걸 재순 아버지와 어머니가 집 대문에서 내다보고 있다.

읍내 의원에 도착해서 검진한 결과 다행히 무릎뼈에 금만 조금 간 것으로 진단이 되어 다리에 부목을 붙이고 이십여 일 정도면 정상적으로 걸을 수 있다 했다. 현택 모자와 같이 간 재환과 재순이 한걱정을 덜은 가운데, 현택 어머니는 아들에게 그만 집으로 가라 한다.

"이만하니 다행 아니네. 여기는 내 있을 테니 현택이 니는 걱정하지 말고 더 늦기 전에 재환이 재순이랑 나가서 저녁 사 먹고 집으로 들어가라."

"아닙네다, 어마이가 놀랐을 텐데 여기는 제가 있을 테니 집으로 가셔서 쉬셔요."

아들 현택이 극구 말려도 현택 어머니는 기어코 아들을 집으로 보내려 한다. 학교 공부하느라 오랜 시간 집 밖에서 살고 있는 아들이 안쓰러웠던 것 일 게다. 결국 현택은 어머니의 말대로 재환과 재순이를 데리고 저녁밥을 먹기 위해 시장통으로 나왔다.

"현택 오라바이, 아저씨 저만하신 거 다행 아니네?"

"왜 아니겠네? 아까 과수원에서 아바지가 일어나지도 못하시어서 얼마나 놀랐는지 아네."

"어째 사과밭 일은 마무리 못 했겠구나? 내일 태풍 올라오는데 걱정이다."

"아이다, 아바지가 어지간한 건 다 해놔서 그나마 다행 아니네."

"뭔 태풍이 와서리 이런 사단을 만드는지 모르겠다, 속상하다."

"재순이 많이 속상한 게구나. 아바지가 다행히도 크게 안 다치셨다 하니 너무 맘 쓰지 않아도 된다."

재순의 입이 뾰루퉁해져서 혼잣말을 하자 현택이 그런 재순을 달래 준다.

"그나저나 재환이 니는 학생회 활동 어이 돼가나? 재순이 하는 말로는 아바지 어마이가 너 때문에 근심 걱정이 많으시다 하던데?"

"나도 걱정이긴 한데, 너도 잘 알다시피 지금 나라에서 일어나고 있는 일들이 우리 같은 젊은이들마저 잠자코 있을 수 있는 게 아니라 말이다."

"그렇기는 하다만, 그렇다고 걱정하시는 부모님을 생각하믄 맘이 편치를 않다."

"해방 이후 소련군이 들어와서 주민들에게 갖은 행패를

다 부리고, 그리고 우리나라의 산업시설들을 마구잡이로 자기네 나라로 가져간다 아이하나. 더구나 북조선 임시위원회에서는 토지개혁을 위해서 '북조선 토지개혁에 대한 법령'과 '토지개혁 실시에 대한 임시조치법'을 만들어 친일파와 민족 반역자의 토지를 몰수하지 않았네. 그뿐이가? 우리 같은 기독교 종교인들이 소유하고 있는 토지도 불로지주라 하여 대부분 재산권을 박탈하고 있지 않네."

"그거야 이미 다 지난날들에 시행된 거 우리 다 알고 있지 않네."

"그것뿐 아이다, 이미 '산업, 교통 운수, 체신, 은행 등의 국유화에 대한 법령'과 '개인 소유권 보호와 산업 및 상업 활동 장려를 위한 결정'을 통해서 나라의 산업 대부분을 국유화하는 등 매우 급진적인 사회개혁을 하고 있어 개인의 소유권과 자유권을 박탈한다고 보고 있는 게다."

"그래서 이미 몇 년 전부터 우리 같은 학생들이 일어나는 거 아니네."

"그래 맞다. 이미 1945년도 11월에 평안북도 용천에서 학생들에 대한 폭력사건이 있었고 그게 발단이 돼서 신의주에서 학생운동이 대규모로 일어난 일이 있었다."

"그래 맞다, 내 알기로는 용천 사건부터 신의주 학생운동 때 사람들이 많이 죽고 다치고 했다던데."

"많이 죽고 다쳤다. 내가 알기로는 스물세 명이 희생되었고 수백 명이 다친 것으로 알고 있다."

재환과 현택의 대화를 옆에서 잠자코 듣고 있던 재순이 깜짝 놀란다.

"그리 많은 사람이 죽고 다쳤다고? 재환 오라바이, 앞으로 절대 학생운동 하지 마라. 내 어마이 아바지한테 다 말씀드릴 거다."

"재순아, 이 오라바이는 그런 학생운동 하는 거 아이다. 오라바이는 그런 정치 운동을 하는 게 아니고 순수 학교 학생활동을 하는 거라 안 하나. 안 그렇나? 현택이 좀 재순이에게 말 좀 해 주게."

"현택 오라바이, 지금 재환 오라바이가 한 말이 사실인 거네?"

"글쎄 잘 모르겠다. 아무리 순수하게 교내 학생활동을 한다고 하지만 언제 어느 때 그것이 반정치 활동이라 해서 제재를 가한다면 우리가 어쩔 거네."

"자넨 재순이 안심시키라 했더니 뭔 불에 섶을 던지네?"

"오라바이, 내를 안심시키려 하지 말고 어마이 아바지가 걱정하지 않게 해 드려라."

"학생운동은 그곳 말고도 더 있었지 않았네?"

"여러 곳에서 있었다. 함경북도 길주에서도 함경남도

함흥에서도, 또 황해도 해주에서도 있었다. 그게 다 무도한 소련군에 대한 저항과 이 나라의 자유민주주의를 지키려는 거 아니겠네."

"오라바이야, 자유도 좋고 민주주의도 다 좋다. 그런데 사람 목숨보다 더 중요하겠나? 그러니 제발 조심해 주라."

"현택이, 우리가 괜한 말을 꺼내서 우리 재순이 걱정하게 만들었네. 이쯤에서 그만해야겠네."

"그러게. 재순이 얼굴 보니 이미 사색이 다 되어 있는 거 같네."

"오라바이들 웃지 마라, 내 집에 가믄 어마이 아바지한테 다 일러바칠 거다. 학생운동 하다 사람들이 엄청 죽고 다쳤다고."

밥집을 나와 신작로를 걸어 집으로 가는데 올라오는 태풍이 거의 다 와 가는지 마주하는 바람이 아주 거세다.

"오라바이, 진짜 태풍 올라오는가 보다."

"그렇구나. 내일 새벽을 큰 탈 없이 지나갔음 좋겠구만."

"너무 걱정하지 마라, 아저씨도 저만하신 거 보니 태풍도 별 탈 없이 지나갈 거 같다."

"그리되면 좋지 않겠네? 재환이 오늘 애 많이 썼다."

"뭔 애를 썼다 하네? 당연히 해야 할 일을 한 건데. 안 그렇네, 재순아?"

"맞다. 현택 오라바이야, 그런 말 하지 마라."

신작로를 지나 들판 길에 접어드니 황주강을 타고 불어오는 바람이 더욱 거세다. 세찬 바람에 들판의 벼포기들이 사사삭 소리를 내며 일렁이는 모습이 꼭 호수에 이는 물결과 같다. 이미 마을의 집들은 대부분 불이 꺼져 깜깜한데, 멀리 재순네 집과 현택네 집의 불만이 바람에 깜박이고 있다.

세차게 몰아쳤던 비바람도 천만다행으로 과실수 잔가지 몇 개와 미숙과 얼마를 떨어뜨리고는 북쪽으로 물러가고, 맑은 하늘에 가끔 뒷바람만 불어 태풍이 왔다 갔음을 알게 해 준다. 재순이 현택이네 과수원에 올라가니 현택이 혼자 부러진 나뭇가지들을 한데 모으고 있었다.

"현택 오라바이, 혼자 고생이 많다. 어데 많이 망가지지 않았네?"

"아이다, 다행히 아바지가 잘해 놓으셔서 생각했던 것보다 괜찮다. 근데 재순아."

"오라바이, 와?"

"우리 이번 주일날 성불사 가려던 거 아이 되겠다. 오늘 아바지도 집으로 모셔 와야 하고 또 평양으로 올라가려면 여기 있는 동안 이것저것 집안일 정리해야 될 게 많다."

"오라바이, 괜찮다. 아저씨 다리 다 나을라면 다음 한 달은 일을 못 하실 텐데 당연히 오라바이가 바쁘지 않겠네?"

"그래, 돌아오는 겨울방학 때 가자고마."

"알았다. 아침은 먹고 나온 거네?"

"아이다, 이제 모아놓은 이것만 밖으로 내놓고 들어가서 먹으면 된다. 재순이 너는 먹고 나온 거네?"

"나도 아직이다. 그리고 어제 오라바이들 저녁에 한 얘기 우리 아바지 어마이한테 말씀드릴 거다."

"뭣을?"

"학생운동으로 사람들 많이 죽고 상했다 안 했네? 내 그거 말씀드릴 거다. 안 그럼 우리 재환 오라바이 뭔 일 낼 거 같다."

"괜시리 걱정 끼쳐 드리는 거 아이가?"

"그래도 해야겠다. 내 아무리 밤새 생각해도 해야겠다."

"그래? 기왕 말씀드리려면 너무 걱정하시지 않게 해라."

"알았다. 오라바이야, 이제 내려가서 밥 먹고 해라. 배고프겠다."

재순이 집에 돌아오니 아버지와 재환이 과수원 정리를 마치고 늦은 아침상을 받고 있다.

"재순이 어데 다녀오는 거네?"

"현택 오라바이 과수원 다녀온다."

"현택이 나와 있더네?"

"나와서 부러진 나뭇가지들 치우고 있더라."

"그래 피해는 크지 않다 하더네?"

"별다른 피해 없다 하더라."

"현택이네도 다행이네요, 아바지."

"그렇구나. 이번 태풍은 그래도 큰 탈 없이 지나갔는데 또 언제 더 올지 모르지 않네?"

"과수 농사나 논밭 농사나 날씨 때문에 걱정하는 것은 다 똑같은 거 같네요."

"왜 안 그렇겠네."

"그러니 하나님이 안 도와주면 농사고 뭐고 다 어려운 게 아니네."

재순 어머니가 밥상을 치우며 부자의 대화에 끼어든다.

"어마이 아바지, 내 드릴 말씀 있습네다."

"무신?"

"어제저녁 읍내서 오는 길에 오라바이하고 현택 오라바이가 얘기하는데, 신의주하고 함흥 그리고 또 어데더라, 이런 데서 시위가 있어서 사람들이 많이 죽고 다치고 했답네다."

재순이 결국 맘먹은 말을 꺼내자 어머니는 깜짝 놀라는데 아버지는 무덤덤한 표정이다.

"아이, 그런 일이 있었다네?"

"네, 어제 오라바이들이 그리 얘기하는 거 들었습네다."

"우째 당신은 말이 없소? 당신은 알고 있었소?"

"소련군이 들어오고부터 계속 지역마다 일어나고 있다는 거 내 들어 알고는 있었소."

"아이, 그런데도 재환이 학생운동 하는 거 냅뒀단 말이오?"

"어마이, 저는 그런 학생운동을 하는 게 아닙네다. 그저 학교 내에서 이루어지는 문제들에 대해서 하는, 그런 순수한 학생활동입네다."

"그게 그거 아니겠네? 재환 아바이 뭔 말씀 좀 해 보시라요."

"재환이 말이 틀린 게 아닌데, 너 어마이 말씀마따나 나라가 더 어지러워지면 너희 같은 학생활동도 다 당국에서 정치 활동으로 여기지 않겠네? 그게 걱정이 된다 아이네."

"아이 되겠다, 재환이 이번에 올라가거든 일체 학생활동이고 뭐고 다 그만두라. 안 그럼 내 죽는 꼴 볼끼다."

"어마이! 재순이 니는… 괜한 말씀 드려서 어마이 걱정하시잖네?"

"와 재순이한테 뭐라 하네? 그럼 오라비가 그런 무신 일을 한다는데 냅두고 본다 말이네? 재환 아바지도 못 하게끔 야단 좀 치소."

"네 어마이 말씀이 옳다. 당분간 학생회 활동은 접고 공부만 하그라."

"당분간은 무신, 졸업 때까지 그런 거는 일체 하지 마라."

재순은 어머니 아버지가 재환 오라비에게 야단치는 것을 보며 조금은 안도의 숨을 쉰다.

오뉴월 한여름도 지나고 달도 바뀌어서 어느덧 아침저녁 바람이 달라짐을 느낄 때 재환은 평양에 있는 학교로 돌아가려 가족들과 작별 인사를 나눈다.

"어마이 아바지, 잘 지내셔요. 그리고 동생들도 학교 잘 다니고 어마이 아바지 말씀 잘 들어야 한다."

"재환아이, 니 내랑 아바지가 말씀한 거 절대 잊지 말거라. 내 니한테 뭔 일 생기믄 내 못 사는 거 알지 않네?"

"어마이, 너무 걱정하지 마셔요."

"그리고 때 거르지 말고 밥도 잘 챙겨 먹그라. 내 늘 하나님께 기도하마."

"어마이, 저 어린아이 아닙네다. 그러니 너무 걱정하지 않으셔도 됩네다."

"알았다, 아무튼 절대 바깥세상에 눈 두지 마라. 공부만 열심히 해야 한다."

"어마이, 그리할 겁네다. 재순아, 어마이 잘 좀 도와드려야 한다."

"내 걱정은 안 해도 된다. 어디 우리 장남 얼굴 한 번 더 보자."

재환이 대문을 지나고 나서도 어머니가 마당 가까지 나와서는 돌아서는 아들의 얼굴을 두 손으로 연신 어루만지며 눈가에 옅은 눈물을 보인다.

재순이 오라비의 짐보따리 하나를 들고 마을 입구 정자에 다다르니 현택이 같이 가기 위해 나와서 기다리고 있다.

"어마이 아바지하고 인사는 잘 나눴네?"

"그래, 기차 시간 늦겠다. 어여 가자."

"현택 오라바이도 이번에 올라가믄 겨울방학이나 돼서 내려올 거네?"

"그래야지. 이제 본격적으로 공부해야 안 하나? 아마 겨울방학 때는 내려오긴 해도 이번처럼 길게 있지는 못할 거다."

"우리 재순이 오라바이들 보고 싶어 어쩌네?"

"오라바이들은 내 안 보고 싶을 거네?"

"안 보고 싶긴, 많이 보고 싶을 거다."

"그럼 됐다, 어여 가자."

"재순아, 그 짐 현택이랑 둘이 들고 가면 되니? 이리 주고 집에 가서 어마이 좀 달래 드려라. 영 맘이 그렇다."

"아이다, 어마이가 오라바이 짐 가지고 역까지 바래다 주고 오라고 했다. 그러니 내 역까지 가서 오라바이들 기차 타는 거까지 보고 올 거다."

"아이 그래도 되는데."

"내 두라. 이제 보면 몇 달 동안 못 볼 텐데. 재순아, 오라바이랑 같이 가자."

"재순아!"

"왜? 오라바이."

"우리 재순이한테 이 오라비가 많이 미안하다."

"뭐가 미안한데?"

"여러 동생도 챙겨야 하고, 게다가 부모님 과수원 일도 도와드려야 하고. 다 이 오라비가 해야 할 일인데…."

"그리 말하지 마라. 오라바이도 평양 올라가기 전까지는 다 하지 않았네."

이런저런 얘기를 하며 황주역에 다다르자 얼마 기다리지 않아서 사리원에서 달려온 기차가 셋의 앞에 멈춰 선다.

"오라바이들 잘 올라가라. 그리고 도착하는 대로 집에 연락하고."

"잘 알았다. 재순이 너도 조심해서 집에 가고."

현택이도 재환이도 재순의 두 손을 꼭 잡아주고는 이내 기차에 오르자 기차는 빼애액 소리를 울리며 하얀 증기를 내뿜는다.

"어케, 올해 사과 농사는 이만하면 잘되지 않았네?"

추석을 며칠 앞두고 과수농가들은 수확에 여념이 없다. 올해에는 윤칠월이 있어서 추석 명절이 늦게 와, 사과를 수확하는 데도 도움이 많이 되었을 뿐만 아니라 여름의 태풍도 마침 시기가 적당해서 수확에 별다른 피해를 입히지 않았다. 정길이 사과 수확이 한창인 규태의 과수원에 들러 일손을 보태주고 있다.

"다행히 작년보다도 나은 거 같다. 병해도 없고 태풍으로 인한 낙과도 없고 해서리. 자넨 어제 공판 넘겼다면서, 그래 사과금은 잘 받았네?"

"대목 앞이라 그런지 사과금은 좋은데 그럼 뭐 하네?"

"와? 세금 때문에 그러네?"

"어제 읍내에 공판 내러 갔는데 사람들이 하는 말들이 다들 농업현물세 때문에 난리더라."

"왜 안 그렇겠네? 나라에서는 모두에게 농업현물세를 2할 5푼으로 내라 했다는데 그거야 땅을 무상 배부받은 사람들한테나 받아야 하는 거 아니네?"

"그렇지. 원래부터 자기 땅 없이 소작으로 했던 사람들이야 어짜피 소작료 낸다고 생각하믄 괜찮은 건데, 왜 우리 땅 가지고 하는 우리네까지 현물세를 매기는지 모르겠다."

"그나마 자기 땅 안 뺏긴 게 다행 아니냐 하는 사람들도 있기는 하더만."

"안 뺏긴 게 다행이기는, 그거야 원래 친일파하고 민족 반역자라 하는 지주들 농지를 나라에서 몰수한 거 아니었네?"

"그렇기는 해도 하루가 멀다 하고 무슨 개혁이다 해서 난리를 펴 대니, 원."

"그동안 땅 없이 소작으로 부쳐 먹었던 사람들이야 좋지 않겠네? 다만 현물세를 정한 대로 받아야 하는데 군마다 다르게들 많게는 5할을 넘겨 내라 해서, 그나마 무상으로 땅을 받은 사람들도 불만이 많다 않더네."

"그 사람들도 그렇지만 우리네는 경우가 다르지 않네."

"그래도 이런 시국에 어쩌겠네."

"우리네 농지도 언제 어찌 될지 알겠네? 어여 마저 해서 공판 다녀오세."

"재환이한테서는 연락 있었네?"

"아이다, 없었다. 여름방학 끝나고 올라가서는 잘 도착했다 하고는 상기 없다."

"우리 현택이도 그렇다. 무소식이 희소식이라 안 하네? 잘 지내고들 있겠지."

"제발 무탈하게 학교나 잘 다니고 있으면 좋겠구먼."

"잘들 있을 게다. 그리고 지난번 내려왔을 때 재환이한테 단단히 일러뒀다 안 했네?"

"그래도 세상이 어디 곱게 나 둬야 말이제."

정길과 규태가 사과 공판을 마치고 나와서 시장통 국밥집에서 국밥에 탁배기 한 주발씩을 받아 놓고 일 년 동안 과수 농사하느라 수고한 자신들을 위로하고 있다.

"우리 탁배기 한 주발씩 마시는 거 하나님도 이해하시지 않겠네?"

"왜 아니겠네. 자, 들어보게나."

봄부터 가을까지 날씨뿐 아니라 병해와 충해에 노심초사하며 길었던 과수 농사를 비로소 마치고 나서 오랜만에 맛보는 홀가분함이 둘의 기분을 올려준 거 같아, 평소에는 입에도 대지 않던 탁배기를 마주하고 서로 바라보며 신소리하듯 웃음을 짓는다.

"아, 글쎄 소련 놈들이 공장시설을 뜯어가는 것도 모자라 수확한 곡물까지 죄다 제 나라로 빼 간다 하고, 그뿐 아니라 부녀자들을 닥치는 대로 잡아가서리 몹쓸 짓들을 하고 있는데도 인민위원회에서는 제대로 항의도 못 하고 있어 많은 사람이 공산당에서 점점 이탈하고 있고, 지방 곳곳에서는 연일 시위가 벌어지고 있다 하네."

"어디 그뿐인가? 해방 이후 새로운 나라에 대한 열망을 가득 안고 당을 지지했던 사람들과 일부 학교의 학생들까지도 소련군의 행패에 질리고 당에 대한 실망으로 거리로 나서고 있다고들 하네."

"아니, 그럼 몇 해 전에 있었던 학생운동 사건이 또 일어나는 거 아니네?"

둘이 앉아있는 깡통 탁자의 뒷자리에서 탁배기를 마시며 나누는 사람들의 시국 돌아가는 소리에, 정길과 규태는 들고 있던 탁배기 주발을 차마 마시지 못하고 그대로 내려놓고는 한동안 아무 말이 없다.

"풍문에는 조만간 난리가 날 거라는 소문도 돈다네."

"뭣이? 난리? 전쟁 말인가?"

"그렇다네."

"아니 누가 누구랑 전쟁을 한단 말이네?"

"이 사람아, 누구기는. 이북하고 이남하고 싸운다 말 아니네?"

"뭐래? 같은 민족끼리 싸운다는 거네?"

"그렇다네. 요즘 군대하고 군인들을 늘리는 게 심상치 않다고들 한다네."

"내 전에, 그러니까 해방 직후 중국 국공내전에서 싸웠던 병사들이 대거 우리 군으로 편입되었다는 거는 들었다만."

"그뿐 아이라 하네. 소련에서 무기들도 엄청 들여오고 있다는 소문이네."

"그래서 우리 인민위원회에서 소련군이 저 행패를 해도 말을 못 하고 있는 거네?"

"그거야 내 어찌 알겠네?"

"그게 참말로 전쟁이 일어나면 우리는 우째 해야 되네?"

"삼십팔도선이 지금처럼 꽉 막히기 전에 수많은 사람이 이남으로 다들 넘어가지 않았네?"

"그렇지. 허나 지금은 그것도 아니 되잖네?"

"허, 참. 그런 일은 없어야지. 같은 민족끼리 싸운다는 게 말이 되네?"

"이 사람아, 소문이 사실이면 이건 그냥 싸움이 아닌 거네. 그야말로 총칼 들고 죽고 죽이는 전쟁이지."

정길과 규대는 더 이상 국밥집에 앉아있을 수 없어 나오기는 했지만 갈 길 잃은 사람처럼 읍내 거리를 터벅터벅 걷고 또 걷는다. 읍내 거리는 명절 대목장을 보러 나온 아낙들과 일 년 농사인 과수 작물을 공판으로 넘겨 주머니 사정이 넉넉해진 사내들이 주막거리를 꽉 메우고 있다.

"저 사람들 하는 말이 사실인 거네?"

"그렇지 않겠네? 발 없는 말이 천 리를 간다 하지 않네."

"그럼 우리 재환이나 자네 현택이는 어찌해야 되네?"

"나도 걱정이네. 학교 휴학을 시키자니 인민군대에 징집 명령이 있을 테고, 어쩔 수 없이 학교를 다니게 하는 수밖에는 없을 텐데. 좀 있으면 겨울방학 들어가니 이참에 내려오면 집에다 잡아놓으면 될까 모르겠네."

"휴학을 하든 안 하든 이래저래 걱정이구만. 우리 재환이는 현택이와 달리 학교에서 학생회 활동을 한다 아이네."

"지난번 내려왔을 때 주의를 줬다면서?"

"그럼 뭐 하겠네? 같이 붙어사는 것도 아니고, 멀리 떨어져서 하는지 안 하는지 알 수도 없는 거고, 또 다 큰 자식 부모가 뭐 하지 말란다고 말 듣겠네?"

"그야 그렇지만, 아무튼 이번에 애들 내려오면 세상 돌아가는 거 잘 살펴서 대처하세. 오늘 애 많이 썼고."

"애는 무슨. 그려, 어여 들어가세."

읍내 국밥집에서 사람들이 하는 말에 한걱정을 하면서 걷다 보니 어느새 마을에 도착했다. 그리 오랜 시간이 걸린 거 같지는 않았는데 집에 도착하니 꽤 늦은 저녁이 되었다.

해방 후 정부를 수립하고 사회주의 국가의 체계를 세우는 일이 시급하다 보니, 그동안 극심했던 이념과 사상 문제는 잠시 수면 아래 가라앉은 듯한 시간이 흘러가고 있었으나, 소련군의 횡포에 대한 크고 작은 저항들은 여전히 지방 도시 이곳저곳에서 발생하고는 했다.

"아주마이, 아주마이!"

"어, 현택 오라바이야!"

"재신이 잘 있었네? 재신이도 이제 다 컸구나. 그런데 어마이는 안 계시네?"

"어마이하고 재순 언니는 읍내에 일이 있어서 나가셨다. 조금만 있으면 오실 거다."

"그래? 그럼 좀 이따 다시 올게."

"우리 재환 오라바이는 이번에도 같이 안 왔나 보네?"

"며칠 있다가 올 거다. 내 그거 말씀드리러 왔다."

또 한 학기가 지나고 연말 가까이에서 겨울방학이 되자 현택이 먼저 집으로 내려와 재환의 소식을 전하러 왔다. 얼마 후 재순과 어머니가 집에 오자 재신이 현택이 다녀갔다는 말을 전한다.

"현택 오라바이 왔었다고?"

"그래 언니야, 좀 이따가 다시 온다 했다."

"왜, 이번에도 너의 오라비는 또 늦게 온다 하더네?"

"그런가 봐요. 재환 오라바이 소식 전하러 왔다고 하는 거 보니."

"내가 다녀올게요."

재순이가 말꼬리를 남기며 어느새 대문을 나서 현택이네 집으로 가고 있다.

"현택 오라바이!"

"재순이네, 잘 지냈네? 별일 없이 학교 잘 다녔고?"

"별일 없었다, 오라바이도 잘 지냈었네?"

"그래. 근데 재환이는 이번에도 다음 주일께 내려온다 하더라. 부모님께 그리 전해달라 해서 집에 갔었다."

"또 뭔 일로? 아직도 학생회 활동 하나 보네?"

"아이다, 그런 거."

"아이긴 뭐 아이네? 내 말 안 해도 다 안다."

"재순아, 어마이 아바지한테는 그리 말하면 아이 된다."

"알았다, 그럼 뭐 때문에 늦게 온다 말씀드리는데?"

"학교 공부가 아직 남아서 며칠 늦는 거라 말씀드려라."

"그리 말씀드린다고 그리 믿으시겠네?"

"아무튼 그리 말씀드려야 한다. 아니면 재환이 올 때까지 괜한 걱정들 하신다. 아, 그리고 재순아. 우리 지난여름에 못 갔던 성불사 이번 주일에 다녀오자."

"알았다, 오라바이. 나 간다."

현택이를 통해 재환의 전언을 들은 아버지 어머니는 얼굴에 수심이 가득하다.

마을을 벗어나고 얼마 안 되어 정방산성이 산자락에 양쪽으로 날개를 펼친 듯 길게 이어져 있고, 앞길 한가운데에 산성의 남문인 정방루가 높이 자리 잡고 있는데 그 기개가 보기에 장대하다. 마을 길에서 성곽에 이르는 길 안팎으로는 산벚나무가 숲을 이루어 아마 봄 꽃피는 철에 왔으면 산벚꽃으로 장관을 이루었음 직하다. 높이 자리 잡은 정방루를 지나자 비로소 성불사가 설핏 멀리 눈에 보인다. 길 양옆으로 장송이 어젯밤 내린 솜털 같은 눈을 가지마다 수북이 안고 빽빽이 늘어서 있어 한낮인데도 아래로는 어두컴컴함을 느낀다.

"재순이 춥네?"

"아이다, 하나도 안 춥다."

동굴 같은 장송 길을 걷는 둘의 발밑에서 소복이 내려 쌓인 눈이 한 발 한 발 밟힐 때마다 뽀드득뽀드득 소리가 난다.

"여름하고는 또 다른 모습이네."

"오라바이는 여름에도 왔었더네?"

"학교 소풍 때 몇 번 왔었다. 재순이는 처음 오는 거네?"

"처음이다. 겨울에도 이리 좋은데 봄에 오면 얼마나 더 예쁠까."

"우리 내년 봄에도 오면 되잖네."

"오라바이, 우리 봄에도 오고 여름에도 그리고 가을에도 오자."

장송 숲길을 지나자 비로소 일주문이 나오는데 일주문 옆으로 이삼백 년은 되어 봄 직한 느티나무 한 그루가 당당하게 서 있다. 성불사 경내 앞으로는 쌍 연못이 자리 잡고 있고 연못 위 눈밭에는 아마도 장끼와 까투리 한 쌍이 새벽

녘 다녀간 듯 발자국이 어지러이 새겨져 있다. 여름에는 이곳이 아마도 노오란 연꽃으로 수놓아지지 않을까 싶다.

"어마이 아바지, 재환이 때문에 걱정 많이 하시지 않네?"

"많이 하신다, 겉으로 말도 못 하시고, 재환 오라바이 학교에서 학생운동 그런 거 많이 했네?"

"이번 학기 초에는 그리 많이는 없었는데, 겨울방학 되면서부터 뭔가 준비들 하는 거 같더라."

"거리 시위 같은 거?"

"잘은 모르겠는데 요즘 시민들이나 학생들 불만이 다 똑같으니 그리하지 않을까 싶긴 하다."

"우리 재환 오라바이 잘못했다간 정치범으로 몰리는 거 아니네?"

"그게 걱정이다. 일단 밖으로 나가면 그땐 나라에 대한 불만 세력으로 몰리는 게 당연할 테니."

"오라바이 학교 휴학하면 안 되네?"

"휴학하면 바로 인민군대 징집명령서 나온다 한다."

"차라리 군대 다녀오는 게 낫지 않네?"

"재환이가 그리하겠네?"

재환 걱정으로 대화를 나누며 눈길을 걷다 보니 쌍 연못을 지나 성불사 청풍루 앞 오층 석탑 마당에 다다랐다.

"재순이 우리 가곡 '성불사의 밤'이라고 아네?"

"내 안다. '성불사 깊은 밤에 그윽한 풍경소리, 주승은 잠이 들고 객이 홀로 듣는구나…' 이리하는 거 아니네?"

"맞다. 노산 이은상 선생이 여기 청풍루에서 풍경소리에 잠을 못 이뤄서 그래 시를 썼고 홍난파 선생이 그 시에 곡을 붙였다 한다."

"그리 유명한 데가 우리 고장에 있는 성불사인지 모르고 있었다."

청풍루와 응진전을 둘러보고 요사채 담장에 다다르니 모퉁이 방문 하나가 삐그덕 열리더니 노스님이 밖에 있는 둘을 바라보고는 손짓을 한다.

"추운데 어찌들 왔네?"

"지난여름에 오려다 못 왔드래서 이번에 왔습네다."

"잠깐 들어와서 몸 좀 녹이고들 가게."

"스님, 그래도 되겠습네까?"

그러면서 현택이 모퉁이 방으로 향하자 그런 현택의 옷자락을 재순이 슬쩍 잡아당긴다.

"오라바이야."

"괜찮다 잠깐 들어가서 몸 좀 녹이고 나오자."

"그래도."

재순이 자신은 교회 다니는 게 맘에 있었는지 멈칫멈칫하자, 노스님이 그 모습을 보고는 빙긋이 미소를 짓는다.

"오라바이랑 들어가는데 뭐 어떠네?"

재순이 현택의 손에 이끌려 방 안으로 들어가니 세간이라고 할 만한 것이라고는 없는 한 칸짜리 방에 차 내려 마실 때 사용하는 다기들을 담은 다반 하나가 다소곳이 있는 것이 눈에 띄었다.

"거기들 앉게. 방이 그래도 따뜻할 게야."

스님은 방에 들어온 둘에게 자리를 권하고는 다반을 끌어당겨 앞에 놓고 따뜻한 물을 다관에 담아 잠시 다관을 덥히고 나서 다반 위에 놓인 두 개의 차 가운데 하나를 집어 들고는 데워진 다관에 넣는다.

"녹차는 젊은이들이 마시기에 씁쓸하다 할 터이니, 대신 이거 한번 마셔보게들."

노스님이 다관에서 천천히 찻물을 따라 주는데, 둘의 찻잔에 노오랗고 청초한 찻물이 김을 모락모락 피우며 채워지고 있다.

"어데에서들 오시었네?"

"네, 스님. 저희는 대열리 수수골에서 왔습네다."

"수수골? 좋은 동네에서 왔구만. 그래, 무엇들을 보았네?"

"청풍루와 응진전 그리고 여러 전각을 둘러 보았습네다. 그리고 마당 앞에 있는 쌍 연못도 보고 왔습네다."

"온 김에 겉모습만 아니라, 그 안에 담겨있는 각각의 사연들도 많으니 자세히 들여다보고들 가게."

"네 스님, 다시 한번 잘 살펴보겠습니다. 스님, 차에서 솔향이 나는 거 같습네다."

"솔잎차라네, 향이 참 좋지?"

현택의 찻잔이 비워지자 노스님이 한 번 더 따라 주는 찻잔을 받아 내려놓고는 옆에서 여전히 멈칫멈칫하는 재순을 보고는 어여 마셔보라는 눈짓을 한다.

"스님, 한 가지 여쭤보고 싶은 게 있는데 괜찮겠습네까?"

"말해 보게, 뭣이든."

"스님, 저희 둘의 인연이 오랫동안 지속될지요?"

뜬금없는 현택의 물음에 옆에서 차를 홀짝 마시던 재순의 눈이 동그래지고 얼굴에 열이 화끈 오름을 느끼어 현택의 옆구리를 쿡하니 찔러 댄다.

"오라바이야."

"네, 스님?"

"젊은이들 세상 앞일을 누구라서 다 알 수 있겠네? 그러니 지금 내 앞에 같이 있는 사람에게 최선을 다하게. 그러다 보면 그것들이 쌓이고 쌓여서 인연이 이어지는 거 아니겠네."

노스님에게 차를 얻어 마시고 나니 몸의 한기도 어느덧 사그라들어 노곤함을 느낄 즈음, 재순이 이제 그만 가자는 눈 재촉을 하여 스님에게 감사 인사를 하고 절 안마당으로 나오니 오후 햇살에 전각 지붕에 쌓여 있던 눈이 녹아 전날부터 매달려 있던 추녀의 고드름을 거쳐 온 물방울이 방울방울 떨어져 전각 지붕 아래 마당에 부딪히며 통통 튀긴다.

"몸 좀 따스해졌네?"

"원래 그리 춥지 않았다. 우리 집에 가면 재환 오라바이 내려왔을라나?"

"원래 오늘 오후에 내려온다 했으니 오지 않았겠네? 집에 가서 재환이 내려왔으면 우리 집에 잠깐 들르라 해라."

재순이 집에 오니 재환은 오지 않았다. 재순의 귀가 소리에 아버지 어머니는 재환이 오는 줄 알고 방문을 열어 대문으로 눈길을 주지만 재순이 들어오는 것을 보고는 이내 방문을 닫는다.

"어마이, 오라바이 상기 안 온 겁네까?"

"그래 말이다. 해저녁 다 되고 기차 왔을 시간도 한참 지났는데 오늘 안 오는가 보다. 황주역에 왔으면 벌써 왔지 않았겠네."

"오늘 못 오는가 보네요. 낼 내려오겠지요, 너무 걱정하지 마셔요."

재순은 성불사에 다녀오며 현택한테서 들었던 오라비

의 학교생활 때문에 오늘 재환이 내려오지 않은 게 걱정되어 방에 들어와서도 괜히 심란하니 자리를 잡지 못하고 서성이고 있다.

"큰언니, 뭔 걱정 있네?"

책을 읽고 있던 둘째 동생 재봉이가 그런 재순을 보고 한 마디 던진다.

"아이다, 재봉아. 근데 재신이는 어데 갔네?"

"작은언니는 현숙 언니네 갔다."

"현택 오라바이네는 왜?"

"모르겠다 아까 현숙 언니가 와서 불러갔는데 이제 올 때 됐다."

좀 지나니 동생 재신이 방으로 들어온다.

"현택 오라바이네 갔었네?"

"현숙이가 할 말 있다 해서 다녀오는 거다. 언니는 현택 오라바이하고 성불사 다녀왔다며?"

"현숙이가 그러드네?"

"아이다, 나올 즈음에 현택 오라바이 오는 거 만났다. 우리 재환 오라바이 왔냐고 묻길래 오지 않았다고 말해줬다. 근데 왜 우리 재환 오라바이 오늘 안 오는 거네?"

"내일 오지 않겠네? 오늘 기차를 못 타지 않았나 싶다."

재환 오라비의 변고

주말이자 새해 첫날이 지나도록 재환은 집에 내려오지 않았다. 부모님은 무슨 변고가 있지 않을까 하는 걱정이 깊어져만 가는 가운데, 새해 일요일 아침 온 가족이 읍내 교회에 예배를 드리러 갔고 재순은 예배당에 먼저와 앉아 있는 현택에게 다가가 귓속말을 전한다.

"현택 오라바이, 예배 끝나고 내랑 집에 같이 가자. 할 말이 있다."

"알았다. 끝나고 내 마당에서 기다리고 있을 테니 나오라."

재순이 예배를 마치고 교회 마당에 나오니 이미 현택이가 나와 기다리고 있다.

"재환이 안 오는 거 때문에 걱정돼서 그러는 거 아니네?"

"내보다 어마이 아바지가 걱정이다. 오늘까지 안 오면 두 분 다 평양에 올라가신다 한다. 어떻게 하면 좋겠네?"

"재순아, 내가 내일 올라가서 알아볼 테니 어마이 아바지는 집에 계시라 해라."

"오라바이는 다음 주일까지 집에 있을 거라 하지 않았네?"

"그리하려고 했는데 재환이 안 오니 내 역시도 걱정돼서 안 되겠다."

"그리 올라가면 오라바이 부모님 걱정하시지 않겠네?"

"걱정하지 마라. 내 공부할 게 생겨서 며칠 일찍 올라간다고 말씀 잘 드리면 된다."

"오라바이야, 괜히 나 때문에 미안하다."

"아이다, 재순이 너 때문 아이다. 재환이는 내게 둘도 없는 친구이자 형제다. 그러니 집에 가거든 어마이 아바지께 말씀 잘 드려야 한다."

"알았다, 오라바이도 올라가면 몸조심해야 한다."

"걱정하지 마라. 내야 뭔 일 있을 게 있겠네? 아무튼 내 올라가는 대로 재환이 알아보고 재순이 너한테 소식 전할 테니, 너도 너무 걱정하지 말고 기다리고 있어야 한다."

"오라바이야…."

재순이 현택을 혼잣말로 불러놓고는 이내 현택에게서 얼굴을 돌리는데 두 눈에 눈물이 가득하다.

현택이 평양에 올라가고도 이틀이 지나도록 재환의 소식은 물론 현택의 소식도 없었다. 현택이 보내줄 소식만을 눈이 빠지게 기다리던 재순도 그 어머니 아버지도 타들어 가는 마음을 어찌할 수 없어, 결국 재순 아버지는 평양에 올라가기로 한다.

"재환이는 물론이고 현택한테도 무슨 변고가 생긴 게 틀림없다. 내 내일 아침에 평양에 올라가야지 아이 되겠다."

"당신 혼자 올라갈 겁네까? 현택이네도 얘기해 봐야 하지 않겠습네?"

"현택에게까지 뭔 일 생겼으면 현택 아바지를 내 어찌 보겠네?"

"현택 아바지 어마이는 재순이 네가 우리 재환이 소식 알아봐 달라 한 거 모르잖네?"

"어마이, 현택 오라바이가 올라가기 전에 어마이 아바지께 말씀드렸다 했어요. 말씀 안 드리고 학교 공부 때문에 좀 일찍 올라갈 거라 말씀드렸는데 현택 오라바이 어마이 아바지께서 평양 올라가는 대로 재환 오라바이 어찌 된 건지 알아보라고 먼저 말씀하셨다 했어요."

"그랬네? 아이고 현택이네에 미안해서 어쩌네."

"그러게, 애들한테 뭔 일이나 없어야 할 텐데."

결국 재환 아버지 정길과 현택 아버지 규태가 평양으로 올라가기 위해 기차에 몸을 실었다.

"우리 재환이 때문에 자네에게 괜한 고생시켜 미안해서 어쩌네?"

"뭔 말을 그리하네? 재환이도 다 내 아들이나 마찬가지 아니네? 내 우리 현택이 당초보다 일찍 평양 올라간다 했을 때 이미 재환이 소식 알아보려고 그러는지 알았다. 그래서 내가 먼저 현택이에게 올라가거든 재환이 소식 알아보라고 말했다 아이네."

"그리 마음 써 줘서 고맙다. 그나저나 애들한테 뭔 변고가 없어야 할 텐데 걱정이다."

"왜 아니 그렇겠네? 이제 올라가서 확인해 보면 될 터이니 그때까지는 너무 걱정 말게."

황주에서 평양까지는 고작 백 리밖에 안 되건만 기차는 기어서 가는지 하세월이다. 점심나절이 다 되어 학교에 도착하여 우선 기숙사 숙소를 살펴볼 요량으로 사감실에 들러 자초지종을 얘기하니, 사감이 동행하여 아들들의 숙소를 열어주었다. 재환의 숙소는 평소의 생활하던 모습 그대로이고 현택의 숙소는 집에서 싸 온 보따리가 풀리지도 않은 채 방 한가운데 던져져 있었다. 뭔지 불안한 눈빛을 정길과 규태가 주고받는 사이 동행한 사감이 한마디 던진다.

"지난 연말에 시 보안서에서 학교에 들이닥쳤드랬습네다. 그때 학생회관에 모여있던 학생들 십여 명을 연행해 갔고, 일부 도피한 학생과 동조한 학생들 잡는다고 지금도 학교 곳곳에 보안서원들이 상주하고 있습네다."

"무슨 일이 있었기에 연행해 갔습네까?"

"잘은 모르겠지만 무슨 학생운동을 계획하고 있어 그랬다 하는 걸 들었습네다."

"학생운동이라 하면 거리 시위 같은 거 말입네까?"

"그렇습네다. 여전히 소련군의 횡포가 줄어들고 있지 않아서 이미 여러 지방에서 거리 시위가 있었다고 들었고, 그래서 평양에서도 대규모 시위가 계획되고 있다는 풍문이 파다합네다."

"지금은 방학이라 학생들이 없는 거 아닙네까?"

"일부 고향으로 내려갔지만 남아서 공부하는 학생들도 꽤 많이 있었는데, 그날 이후 보안서원들이 감시하고 여차하면 연행해 가니 지금은 얼마 있지 않습네다."

"아, 그렇습네까. 그럼 그때 연행돼 간 학생들은 한 명도 돌아오지 않았습네까?"

"제가 알기로는 없는 걸로 알고 있습네다."

"하나 더 여쭈면 연말에 연행돼 간 그 이후에도 학교에서 다시 연행돼 간 학생도 있습네까?"

"그럼요. 지금도 곳곳에 보안서원들이 진을 치고 여차하면 잡아가는 걸 본 적 있습네다."

"여보게, 애들 둘 다 보안서에 잡혀간 게 분명해 보이네. 어여 보안서에 가 봐야겠네."

"그래야겠네. 안내해 주셔서 감사합네다."

정길과 규태는 친절히 안내해 준 사감에게 감사 인사를 전하고 곧바로 학교를 나와 시 보안서로 향하는데 그 발길이 천근만근이다.

시 보안서에 도착하여 재환과 현택의 인적사항을 제시하니 한참 만에 둘의 소재를 알려준다. 재환은 사회 안전을 위해(危害)하는 반혁명적 행위자로 의심되어 연말에 연행되었다 하고, 현택은 아직 수사 시작 전이라 하여 둘 다 현재는 보안서 유치장에 있다는 말을 듣는 순간, 정길은 심장이 덜컥 떨어져 내림을 느끼며 잠시 몸의 중심을 잃고 휘청인다.

"여보게, 정신 놓지 말게. 아직 제대로 확인도 못 했는데 벌써 이러면 어쩌겠네."

규태는 몸의 중심을 잃고 넘어지려는 정길을 붙잡아 세워주고는 재환과 현택의 면회가 가능한지 보안서원에게 묻는다. 다행히 둘 다 예심이 나기 전인 수사 단계여서 면회는 가능하다는 답을 들을 수 있었고, 곧이어 안내에 따라 보안서 유치장에 가니 재환과 현택이 나와 있었다.

"아바지!"

재환과 현택이 면회실에 들어서는 자신들의 아버지를 보자 놀라는 표정들이다.

"재환이 너 어찌 된 거네? 그리고 현택이 너는 또 어찌 된 거고?"

"아바지, 저희 때문에 걱정 많이 하셨지요."

"말해 뭐 하겠네? 너희들 어마이들도 다들 초죽음 아니네."

"뭣이 어찌 된 거고? 무슨 일로 잡혀 와 있는 건지 말해 봐라."

정길과 규태가 자신들의 아들을 향해 자초지종을 묻는다.

"지난 연말에 학교에서 학생회 연간활동 마감 회의를 하는데 느닷없이 보안서원들이 들이닥쳐서는 연행했습네다."

"듣기로는 학생시위 행사를 계획하고 있다는 소문이 있던데, 그런 거 해서 잡혀 온 거 아이네?"

"아입니다, 일부 학교에서 시민 학생 시위가 계획되고 있다는 말 저도 들었는데 저희는 그런 거 아이었습네다."

"아인데 왜 잡아 왔겠네?"

"워낙 평양시 전체가 그런 소문이 자자하니 우리 학생회 회의 때도 그리 알고 한 거 같습네다."

"그래, 조사에서는 특별히 다른 얘기는 안 하더네?"

"여기 잡혀 온 우리 학생회 학생들 모두 똑같이 답변했는데 어찌 처리될지는 아직 모르는 상태입네다."

"그리 조심하라 했드만… 그리고 현택이 니는 집에서 올라간 지 이틀밖에 안 됐는데 어찌 된 거네?"

"아저씨, 저는 학교에 와서 재환이 소재 알아볼 겸 학생회 사무실에 들렀다가 연행됐습네다."

"너야말로 아무것도 아이 하지 않았네?"

“네, 그런데 학교에 있는 보안서원들이 여차하면 연행한다는 거 저도 여기 와서 들었습네다.”

“하….”

정길이 긴 한숨을 내쉰다.

“지금부터라도 정신 바짝 차리고들 행동해야 한다, 여기서 까딱 잘못했다가는 너희들 모두 정치범으로 몰려 처리되면 죽는 거다, 알겠네?”

정길은 아들들에게 신신당부를 하고는 둘의 조사를 담당하는 보안서원에게 가서 수사 사항을 알아보기 위해 면회실을 나오려는데, 재환과 현택 둘의 시선에서 무엇인가 모를 감정이 가슴에 내리쳐 앉음을 느끼며 다시 한번 둘의 얼굴을 확인하고는 조사를 담당하는 보안서원에게로 향한다.

조사 담당 보안서원의 말에 따르면 재환은 학생운동 모의 혐의가 있었고 현택은 그 동조 혐의가 있었기에 연행되어 현재 수사가 진행 중이며, 이달 안으로 수사가 종결되면 그 여부에 따라 다음 달 중에 예심에 넘어가든 판결이 되든 할 거라고 알려주었다.

보안서를 나온 정길과 규태가 심히 걱정되는 것은 재환과 현택이 시위 모의로 수사결과가 나와 예심에 넘어가는 것이다. 이리되면 정치범으로 판결이 날 가능성이 높기 때문에 어떻게 해서든 그것만은 막아야 했다.

"정길이 자네, 어데 안 좋으네?"

"괜찮네. 자네 아까 조사 담당 보안서원 말 듣고 이상한 거 못 느꼈네?"

"이상한 거? 뭘 말이네?"

"아무래도 느낌이 좋지 않네."

"일단 수사결과가 나와봐야 한다고 하지 않았네?"

"그리 말하긴 했는데, 그 전에 한 말 말이네. 연행된 사유가 일반범죄가 아니라 반사회적 정치 행위자라고 하지 않았었네?"

"나도 그 말이 영 걸리긴 했네."

"우리 그냥 이리 내려가면 아이 되겠네."

"뭘 더 어쩌려고 그러네?"

"아무래도 느낌이 불안하네. 좀 더 확실하게 단단히 해놔야 될 거 같은 생각이 드네."

정길은 그리 말하고는 가던 길을 돌려 보안서로 다시 향한다.

"왜 다시 보안서로 가려네?"

"자네는 예서 잠시만 기다리게. 내 잠시 다녀올 테니."

"나도 같이 가겠네."

그렇게 해서 정길과 규태가 다시 보안서로 들어가 좀 전에 만났던 조사 담당 보안서원을 밖으로 불러내고는 정길이 품 안에서 종이에 싸인 무엇인가를 한 뭉치 꺼내 보안서원에게 은밀하게 전달하며 한없이 허리를 굽혀 인사를 건네고는 옆에 서 있던 규태에게 가자고 한다.

“보안서원에게 뭐 주었더네?”

“암만 생각해도 이리 해야 조금은 맘 놓고 내려갈 수 있을 거 같네.”

“내게도 미리 말하지 그랬네?”

“아이다, 현택이 붙잡혀 온 것만 해도 내 자네한테 미안해 몸 둘 바를 모르겠구만.”

“얼마나 건넨 거네?”

“우리 아들들 목숨값인데 내 가진 거 다 줘도 안 아깝다. 그러니 자네는 맘 쓰지 마라, 내 재환 어마이 하고도 얘기 다 했다.”

평양시 보안서에의 일을 대강 마무리하고 집에 돌아와 가족에게 재환의 안부를 전하니 모두가 놀랐지만, 재순은 그래도 재환과 현택의 소재는 확인되었기 다소 안도의 맘을 갖는다.

보안서 조사가 탈 없이 진행되어 재환이 무사하게 풀려나기만을 매일같이 기도하고 지내는 중에, 평양에서의 시민과 학생들의 시위가 발생했다는 소문이 재순에게 전해진다.

"아바지, 평양에서 학생시위가 있었다고 하는 소리를 들었습네다."

"어디서 들었드네?"

"예배 마치고 나오는데 사람들이 그런 말들을 하던데요. 재환 오라바이한테 영향 끼치는 거 아닌지 걱정되네요."

정길은 재순의 말을 듣는 순간 재환에게 안 좋게 영향을 미칠 수도 있겠다는 생각이 들자, 이내 규태를 찾아가 평양에서의 학생시위에 대해 말을 전하고는 같이 평양으로 갈 것을 청했다.

평양에 도착하니 소문대로 시가지는 온통 보안서원들이 진을 치고 있는 모습들을 거리 곳곳에서 볼 수 있었다.

정길과 규태는 지난달 만났던 보안서 조사 담당 보안서원을 찾아 재환과 현택의 처리 결과에 대하여 대화를 나누는데, 역시나 예상했던 대로 이번 평양 학생시위와 관련하여 기존에 연행된 학생들과의 연관성에 대해서도 조사를 다시 진행하고 있다고 하며, 이번 시위가 없었으면 이달 내로 조사를 종결 처리하고자 했었는데 이번 시위로 인해 조사가 더 필요해서 당분간 종결되기는 어려울 것이라 말한다.

정길과 규태는 자신의 아들들은 이미 시위 한 달 전에 보안서에 잡혀 와 있었기에 이번 학생시위와는 무관하지 않겠냐고 말을 해 보지만, 보안서원은 상부에서 학생시위

모의 혐의자들에 대한 조사에 철저를 기하라는 지시가 있었기에 자신도 어쩔 수 없다는 말을 듣고는 낙담을 한다.

정길은 보안서원에게 아들의 면회를 요청하였으나 이번 시위로 학생들이 수백 명 연행되어 온 관계로 기존에 연행되어 온 학생들은 다른 보안서 유치장으로 이동되어 면회가 불가능하다고 한다.

어쩔 수 없이 대화를 마치고 의자에서 일어서던 정길은 품속에서 한 뭉치의 돈을 꺼내 은밀하게 보안서원에게 전달하고는 연신 고개를 숙여 인사하고 나와 보안서 앞마당에서 빈 하늘을 올려다본다.

둘이 발길을 옮기려는 순간 현관에서 좀전의 보안서원이 나와서는 정길과 규태에게 재환과 현택은 예심으로 넘기지 않고 일반사회 경범죄자로 해서 6개월 정도 유치 판결을 받을 수 있도록 해 보겠다는 말을 전하고는 들어간다.

"그만 가세."

"그나저나 자네 또 얼마를 건넨 거네?"

"우리 애들 한 번 잃으면 그만 아니네? 과수 농사 올해 또 하면 된다, 괜찮다."

평양을 다녀온 지 보름 정도 지났을 무렵 평양보안서에서 재환의 처분 통지가 왔다. 전에 보안서원이 말한 대로 천만다행하게도 정치범으로 넘어가지 않고 사회 일반 경범죄자로 6월 말일까지 유치처분이 내려졌고, 현택도 재환과 동일하게 처분되어 아직 완전히 풀려나지는 않았지만 한시름 놓게 되었다.

두 집이 아들들로 인해 한바탕 큰 홍역을 치르고 있는 중에도 마을 앞 강 언저리에 개나리가, 뒷산으로는 진달래가 흐드러지게 피어 계절이 바뀌었음을 알게 해 준다.

재순은 고생하고 있을 오라바이들을 만나 보고 싶어도 면회가 안 된다 하니 속으로 애만 태울 수밖에 없고, 밤에 잠 못 이루고 집 밖을 나오면 청초한 달빛에 비추는 과수밭의 사과꽃 배꽃이 꼭 까만 하늘에서 흰 눈이 내린 듯 마을 곳곳에 펼쳐져 있어 그렇지 않아도 심란한 마음을 더욱 힘들게 한다.

'오라바이야 조금만 기다려라, 내가 갈게. 재순이 갈게.'

재순은 학교를 오갈 때나 잠자리에 들 때나 언제나 똑같은 바램을 속으로 되뇌이고 또 되뇌인다.

전쟁 그리고 피난

전쟁 발발

새벽부터 야크(Yak)기를 비롯한 여러 대의 비행기가 수도 없이 날아다니어 잠을 설친 정길이 집 밖을 나서니, 여러 명의 마을 사람들도 나와 있다.

"뭔 비행기들이 이리 요란하게 날아다닌다네?"

"그러게, 나도 새벽부터 하도 시끄럽기에 나온 거라네."

"난리라도 난 거네?"

"난리가 그리 쉽게 나갔네? 어디 훈련하는 거 아니겠네."

"라디오 방송에선 뭐 나오는 소리 없네?"

"별다른 소식 없던데."

"좀 이따가 읍내 교회에 나가보면 뭐 들리는 말이 있지 않겠네?"

마을 사람들 여럿이 딱히 특별한 정보는 없이 그냥 자신의 생각을 한마디씩 하고 있기에 정길은 오전에 읍내 교회에 가면 무슨 소식이 있지 않겠나 하는 마음으로 집으로 돌아오니 재순이 아침 식사 준비를 도우느라 부엌에서 나오며 아버지와 마주친다.

"아바지, 어데 다녀오세요?"

"새벽부터 웬 비행기들이 그리 날아다니지 않겠네? 그래 밖에 나갔다 오는 거다."

"무슨 일 있다 해요?"

"다들 영문을 모르고 있지 않네. 아침 먹고 읍내 교회에 가면 뭔 소식을 듣지 않겠네?"

"올봄부터 부쩍 군대 훈련이 많아진 거 같던데, 오늘도 그런 거 아닌가 싶네요."

"그렇다면 다행 아니겠네. 그리고 이번 주 토요일 재환이 나올 때 재순이 너도 같이 오라비 데리러 평양 간다 했지 않네?"

"네 아바지, 저도 평양 가서 오라바이 나오는 거 보고 오려구요."

"그래 알았다. 그럼 어마이한테 재환이에게 전해 줄 물건 챙겨 달라 해라."

"네, 아바지. 근데 이번에 오라바이 나오면 바로 집에 데려올 거지요?"

"데려와야지. 어짜피 이번 학기도 다 끝나가고 또 바로 여름방학이 되니 챙겨올 게 꽤 있지 않겠네?"

"네 알겠어요. 아침 준비 다 되어 가니 어데 가시지 말고 식사하셔요."

여전히 하늘에는 비행기들이 수없이 날아다니는데 교회 예배가 끝나도록 소식을 아는 사람이 없다. 예배를 마친 현택이네 식구들과 같이 재환과 현택이를 데리러 갈 여정에 대해서 이야기하며 집으로 돌아와 앉아 있으려니, 현택 아버지 규태가 황급한 표정으로 집으로 들어온다.

"여보게, 정길이!"

"무슨 일이 있는 거네?"

"내 방금 라디오 방송 들었는데 전쟁이 났단다."

"뭐래? 참말이더네?"

"그렇다니까."

"좀 자세히 말해야 않겠네?"

"라디오 방송에서 말하기를 이남에서 우리의 평화통일 제의를 거절하고서리 오늘 아침에 옹진반도에서 해주로 우리를 공격했다 하더라."

"그래서 전쟁이 났다는 거네?"

"그렇다 안 하네? 그래서 우리가 이남의 공격에 대해 반격하고 있다 하더라."

"뭐이 어드래? 그럼 해주에서만 전쟁을 한다는 거네?"

"아이다, 해주뿐 아니라 개성, 그리고 저기 철원, 춘천 지역 삼팔선 전 지역에서 이남 군대에 반격을 하고 있다 하더라."

"그렇다면 나라 전체가 전쟁을 한다는 건데, 그리되면 우리 재환이 하고 현택이는 어찌 되는 거네?"

"나도 그게 걱정되어 이리 뛰어오지 않았네?"

"이번 주 토요일에 나온다 해서 평양 갈 준비하고 있었는데, 나라가 전쟁 중이면 못 나오는 거 아니네?"

"유치 기한이 다 되면 내보내기는 하지 않겠네?"

"하아… 나올 날짜 다 돼서 이게 뭔 날벼락이네?"

"아무튼 별 탈 없이 토요일에 나와야 할 텐데."

"라디오 방송 잘 들어보라. 뭐 상황이 어찌 돼 가는지 알아야 하지 않겠네."

"알았네, 암튼 주말에 애들 데리러 가세."

재환과 현택이 유치에서 풀려나는 날 재순 일행이 평양에 도착하니 시내 분위기가 황주와는 전혀 딴판이다. 탱크를 비롯한 군인들이 거리 곳곳에 배치되어 있고 검문을 하는 모습들도 자주 목격되는 등 거리 분위기가 삼엄하다.

보안서에 들어가는 것도 전과는 사뭇 달라진 분위기 속에 재환과 현택을 인도받으러 왔다 하니 보안서 유치자를 비롯한 모든 수용소의 수용자들에 대한 석방뿐 아니라 이동이 전면 금지되었고, 기한 만료자 역시도 예외가 없으며 면회도 전면 불허된다고 하여 향후 계획에 대해 물으니 전쟁이 종료되면 그때 상부의 지시에 의해 처리할 거라고만 한다.

"아바지, 오라바이 어찌한대요?"

"어쩔 수 없지 않네? 너도 보다시피 나라가 전쟁 중이라 아무것도 안 된다 하니, 전쟁이 빨리 끝나기를 기다릴 수밖에."

"면회도 안 된다 하는 거지요?"

"너도 좀 전에 들은 바대로 아니네."

재순은 그래도 기한 만기가 돼서 풀려 나오기를 고대하고 왔지만, 면회조차도 안 된다 하니 상심이 이만저만 아니다.

"재순아, 그만 가야지. 여기 상태로 봐서는 더 있어 봐야 할 수도 없을 테고, 또 어찌 될 상황도 아닌 거 같지 않네?"

일말의 희망을 가지고 왔지만 보안서에 와 보니 할 수 있는 것이 아무것도 없는 것에 대해 재순을 비롯한 일행 모두 크게 낙담을 하고는 발길을 돌리고 만다.

생각같이 전쟁이 빨리 끝나지는 않았지만, 방송에 의하면 반격 며칠 만에 서울을 해방하였고 이어 경상도 낙동강까지 파죽지세로 진격하여 조국 통일이 머지않았다 한다.

그러나 방송에서 나온 바대로 전쟁이 일찍 종료되지는 않았고, 오히려 10월이 되어서는 평양이 이남 군대와 유엔군에 의해 점령되기에 이르렀고, 인민군대는 평양 이북으로 철수한다는 소문이 돌기 시작했다.

"정길이 지금 인민군대가 평양에서 철수한다는 소문이 있는데, 우리 애들 어찌 되는 것인지 가 봐야 하지 않겠네?"

"나도 자네에게 가 보자 할 참이었네."

"어여 준비하게. 나도 대충 챙겨서 오겠네."

평양행 기차를 타러 황주역에 가니 여러 사람이 웅성거리고 있다. 매표실에 가니 미군의 폭격으로 철길이 끊겨 평양에서 사리원 구간에 기차가 다니지 못한다는 것이다.

"여보게, 이를 어쩌나?"

"하긴 이 난리 통에 철길이 어디 무사할 리 있겠네? 걸어서라도 가야지, 어쩌겠네."

"평양이 백 리 길이니 지금부터 부지런히 걸어가면 저녁나절에는 도착하지 않겠네?"

"가는데 별일이야 없어야 할 텐데…."

"부지런히 걸어야지. 안 그럼 어두워지면 아니 되잖네."

신작로를 비롯한 길에는 무수히 많은 군인과 군차량이 오고 가기 때문에 걸어갈 수도 없어, 아들의 안위를 확인하기 위해 정길과 규태는 길 대신에 끊어진 기찻길 위를 부지런히 걷기 시작한다.

“인민군대가 평양에서 철수한다면 우리 애들을 그냥 유치장에 두고 갈 리 없잖네?”

“가서 확인하기 전에야 어디 알 수 없지만 다른 데로 이동하지 않았을까 싶다.”

“전쟁이 어찌 끝나게 될지 모르겠지만 전쟁 나기 전에도 그랬고 전쟁 터지고 나서도 이미 많은 자산가들이 이남으로 갔다 하지 않네?”

“그렇다는 소문은 나도 들었네. 그런데 한편으로는 무상으로 토지를 나눠준다 해서 이남에서 올라온 사람도 있다 하지 않네?”

“그런 사람들은 얼마 되지 않고 이남으로 내려간 사람들이 훨씬 많다고 하더만.”

“왜 아니겠네? 그 무도한 소련 군정과 제대로 말도 못하는 공산당에 실망한 사람들이 대다수 아니겠네.”

“더구나 요즘은 매일같이 집회를 열어 주민들이 동원되고 있고 공산주의 정권에 반대 세력인 소위 반동분자를 뽑아내어 인민재판으로 처형하고 있어 정권에 대한 원성이 점점 커지고 있다는 소문이네."

"농민들은 농민들대로 땅을 무상으로 주기는 해도 경작권만 주는 것이라 하고, 게다가 현물세를 그리 과하게 부담한다고 하니 누구라서 이 정권에서 살려고 하겠네?"

"다행히 우리는 땅을 그나마 뺏기지는 않았지만 언제 어찌 될지 아무도 모르는 거 아니겠네."

"나도 그리 생각이 든다네."

종일 걸어 평양에 도착하니 이미 인민군대는 보이지 않고 이남 군대와 유엔군만이 모습을 보이고 있다. 급한 마음에 보안서에 들어가려니 입구에서 제지하여 들어갈 수도 없기에, 유치자들에 대한 안부를 물으니 이미 모두 평양 외곽 수용소로 이동시켰다 한다.

수소문 끝에 유치자들을 이동시켰다는 수용소로 찾아가려 했으나 그야말로 거리가 온통 전쟁통이어서 더 이상 갈 수 없는 상황이 되었다.

"여보게, 이제 그만 집으로 내려가야겠네, 지금 여기서 더 이상 움직일 수도 없지 않네?"

규태의 말에 정길은 눈 앞에 펼쳐진 상황은 이해가 되나, 지금 이대로 아무 소식도 못 듣고 돌아서야 한다고 생각하니 발길이 떨어지지 않는다.

"그만 가세, 여기서 잘못하다간 우리가 먼저 세상 하직

하겠네. 그래도 우리가 살아야 뒷일을 도모할 수 있지 않겠네? 그나마 애들이 어디로 갔다는 거라도 알았으니 추후 상황 봐 가면서 움직이세."

차마 떨어지지 않는 발길을 돌리며 둘은 아무 말 하지 못한다. 아들은 그래도 무사한 건지 또 집에 가면 식구들한테는 뭐라고 말해야 하는지 온통 머릿속이 하얘지고 속은 타들어 간다. 날이 저물어 더 이상 걸어가는 것도 불가능하여 하룻밤 지내고 몇 끼 굶은 것을 해결할 생각에 규태의 친척 집에 들르니, 그나마 반갑게 맞이해 준다. 급히 저녁 식사를 하고 나니 그간의 평양 사정을 집주인이 들려주며 둘에게 나중에 올라오게 되면 그간의 사정을 알려줄 테니 자기네 집으로 언제든 오라고 한다.

피난

전쟁의 양상은 이남 군대가 평양을 점령 후 압록강 지역까지 진격했다는 소문이 들리자마자 곧바로 중공군이 전쟁에 참전했다 한다. 그리하여 중공군이 유엔군과 치른 전투에서 유엔군이 크게 패하며 전선이 다시 아래로 내려오는 상황이 되었고, 이어 인민군대와 중공군이 평양을 탈환할

기세로 계속하여 남하하고 있다는 소식이 돌자, 주민들은 남으로 피난을 가야 하는 것에 대해 고민하기에 이른다.

“전쟁 소식 들었네?”

“듣긴 들었는데 아직 평양은 그대로라 하지 않네?”

“지금 추세로는 평양 탈환은 시간 문제라 하드만.”

“그럼 이남으로 피난을 해야 되지 않겠네?”

“그리해야 하는데, 그럼 재환이랑 현택이는 어쩐다네?”

“나도 그게 고민이다. 헌데 그렇다고 예까지 유엔군이 밀려 내려오면 그때는 우리도 내려가야 하지 않겠네?”

“일단 애들 어마이하고 얘기를 좀 해 봐야겠네.”

“자네도 현택 어마이하고 얘기해 보고 내일 다시 얘기하세.”

“알겠네. 내 애들 어마이하고 얘기해 보고 내려갈 테니 내일 보세.”

집에 돌아온 정길이 저녁을 먹고 난 후 가족들을 모두 불러 모았다.

“지금부터 아바지가 하는 말 잘 들어야 한다. 중공군이 들어오고 나서 이남 군대하고 유엔군이 밀리고 있다 한다. 평양도 얼마 안 있어 다시 인민군대가 점령할 거라 하고. 그러니 예까지 내려오는 건 금방일 게다.”

“그럼 아바지, 우리 이남으로 피난해야 하는 건가요? 신작로에 보니 벌써 사람들 내려가고 있는 거 같던데요."

"그래, 그래서 지금 얘기하는 거다. 내일 현택 아바지하고도 다시 얘기할 거고."

"재환 아바지요, 내는 안 갑니다."

잠자코 이야기를 듣고 있던 재순 어머니가 단호하니 짧게 한마디 하고는 이내 눈물을 보인다.

"내는 우리 재환이 올 때까지 한 발짝도 아무 데 안 갈 거라 말입네다. 그러니 피난을 가려거든 당신이나 애들 데리고 가소."

"어마이, 어마이를 남겨두고 우리가 어딜 가게요."

재순이 그런 어머니의 손을 잡고는 같이 눈물을 짓는다.

"내 말 다시 잘 들어야 한다. 당신도 잘 생각해야 할 거요. 유엔군이 다시 위로 올라가면 상관없겠지만 그렇지 않고 계속해서 밀려 내려와서 삼십팔도선 아래로까지 밀려 내려가면 그때는 여기를 벗어나려 해도 이미 안 된다 말이요. 그럼 이 소련군이 득실대고 공산당이 있는 여기에서 우리가 살아야 한단 말이요. 해방 후 지금까지 여기가 어떤지 당신이 잘 보고 살지 않았소? 그런데도 이곳에서 이 애들을 키우겠다는 말이요? 더구나 우리가 지금 갖고 있는 땅도 언제 다 뺏길지 모르는데."

"아니요, 나는 예서 재환이 올 때까지 기다릴 거요. 그러니 당신은 재순이랑 애들 데리고 내려가소. 내는 우리 재환이 오면 그때 내려갈 수 있으면 가고 아니면 그냥 예서 살라요."

"어마이, 우리가 어마이 없이 어찌 살아요, 우리도 재환 오라바이 기다리고 싶어요. 하지만 전쟁이 어찌 될지도 모르는데, 그리고 여기 사람들 다 내려가는데 우리만 안 가고 어찌 살아요."

재순이 어머니를 붙잡고 설득을 하지만 어머니는 미동도 않는다.

"재순아, 너는 동생들 데리고 아바지 따라 내려가라. 가서 이 어마이 대신 네가 식구들 단단히 챙겨야 한다, 알겠네?"

"싫습니다, 어마이 없이는 저도 안 갈 거구만요."

모녀의 대화를 지켜보는 정길은 타들어 가는 속을 어찌할 수 없어 방 밖으로 나오니, 한겨울 찬바람이 쌩하니 얼굴을 때린다. 멀리서 포 쏘는 소리가 쿵쿵거리는 게 전선이 이제 많이 내려온 듯하다.

"어째 재환 어마이하고 얘기는 해 봤네?"

"말도 말게, 요지부동이라네."

"왜 안 그렇겠네? 우리 집도 마찬가지다."

"아무튼 전선이 예까지 내려오기 전에 피난 준비를 해야 할 거네."

"재환 어마이가 요지부동이라며?"

"그건 할 수 없지 않네? 그냥 아무 준비 안 하고 있다가는 우리 예서 꼼짝없이 잡혀 살게 될 테니, 일단 준비를 해 두세."

"알았네."

"나라고 재환이 놔두고 가는 게 쉽겠네? 하지만 다른 자식들도 살려야 하지 않겠네."

"어쩌다 이리됐는지 하늘이 원망스럽네."

"하늘을 원망해 봐야 뭐 하겠네? 유엔군들 더 내려가기 전에 빨리 결정해야 되지 않겠네?"

"저기 신작로 보니 유엔군들이 줄줄이 내려가는 게 보이잖네. 이미 평양도 다시 인민군대에 들어갈 거고 금방 예까지 내려올 거 뻔하네."

"재환이만 잡혀 있지 않으면 오늘이라도 내려갈 텐데."

"왜 아니 그렇겠네. 나도 우리 현택이만 아니면 지금이라도 당장 내려갈 텐데."

"내가 자네한테는 볼 면목이 없다. 우리 재환이 때문에 현택이까지 그리 돼가지고서리."

"무슨 말이네? 그런 말 하지 말게. 입장 바꿔서 재환이라면 그 상황에서 그리 안 했겠네?"

"그야 그렇지만."

"그러니 그런 말은 다시는 하지 말게. 그리고 나나 자네나 애들 어마이 다시 잘 설득시켜 보세. 하루가 늦으면 그만큼 내려가기 힘들어질 테니. 그건 그렇고 피난 가면 어디로 갈 건지 정해는 놓았네?"

"일단 애들 고모가 살고 있는 충청도 공주로 내려가려고 하네. 자네는?"

"우리도 충청도 제천 봉양에 내 작은아바지가 살고 있어서리 그리 갈까 생각 중이라네."

"그리하면 자네랑 수원까지는 같이 가면 되겠구나."

"그렇겠네. 그나저나 공주나 제천까지 가면 괜찮으려나 모르겠네."

"일단 거기까지만 가면 되지 않을까 싶기는 한데, 그 이후는 그때 상황 봐 가면서 해야 하지 않겠네?"

"그래야지 뭐 어쩌겠네? 어쨌든 애들 어마이나 잘 설득해 보세."

하루가 지나자 유엔군이 평양에서 철수한다는 소식이 들리고 길에는 피난민들로 인산인해를 이루기 시작했다. 사태가 심상치 않게 돌아가고 있음을 직감한 정길은 급히 규태의 집으로 향했다.

"자네, 얼른 피난 짐 꾸리게."

"왜 그리 급하게?"

"어제 유엔군이 평양에서 철수하기 시작했다 하네."

"벌써 그리됐다는 거네?"

"그리고 자네가 우리 짐 싸 놓은 것도 좀 챙겨 봐주게."

"자네는?"

"내는 평양에 다녀오려 한다네."

"평양은 왜?"

"어젯밤에 재환 어마이하고 얘기했는데, 재환이 생사 여부만이라도 알고 피난을 가도 가겠다 해서리, 내 다녀올 테니 자네는 자네 식구하고 우리 집 식구들 데리고 먼저 출발해 주게."

"거리에 유엔군이고 이남군이고 또 피난민들까지 인산인해를 이루는데 어찌 다녀오려 그러네?"

"어쩌겠네? 재환 어마이 마지막 청이라니 안 들어 줄 수가 있겠네?"

"알았네, 그럼 자네랑은 어디서 만나면 되겠네?"

"내 평양 다녀오려면 족히 이틀은 걸리니까 자네는 두 집 가족들 데리고 가려면 시간이 많이 걸릴 거네. 그러니 우선 사리원역으로 가게."

"그럼 사리원역에서 기차를 타라는 말이네?"

"그렇다네. 우선 사리원에서 개성까지는 아직 기차가 끊겼다는 말은 없으니 가서 탈 수 있는 대로 떠나게."

"그럼 자네랑 못 만나잖는가?"

"나는 재환이 현택이 안부 알아보는 대로 사리원역으로 갈 테니, 만약 기차를 못 타면 모레 아침까지 나를 기다리고 그전에 기차를 타게 되면 먼저 떠나달라는 말이네."

"그건 내 알았네. 자네 말대로 사리원역으로 가서 기차를 타고 갈 수 있으면 먼저 내려가서 개성역으로 가 있겠네."

"짐은 어찌 해 놓았드네?"

"우리도 어젯밤에 대충 챙겨 놨다네. 손수레에 어린애들 태우고 세간 필요한 거만 챙길 테니 자네도 재순이에게 일러두게."

"알았네, 매번 자네 신세를 지네."

"그런 말 하지 말고 몸 조심히 잘 다녀오게."

"알겠네, 두 집 데리고 내려가려면 고생이 만만치 않을 거니 자네도 몸조심하게."

"그건 걱정 말게. 어짜피 난리 중에 고생이야 다 같이 하는 건데, 어찌 됐든 목숨만 부지하면 되지 않겠네?"

"그래도 조심하게. 그리고 재환이나 현택이가 무사히 있어야 할 텐데, 가 보기는 하지만 참 걱정스럽다네."

"개네들 그리된 거 하늘에 맡겨야지 우리가 어쩌겠네."

규태가 돌아가자 정길은 옆에서 둘의 대화를 듣고 있던 재순에게 다시 한번 가족의 피난길을 당부한다.

"재순아, 지금부터 아바지 말 잘 들어야 한다."

"네 아바지, 말씀하셔요."

"현택 아바지한테 말했듯이, 우리는 수원까지는 현택이네랑 같이 갈 거다. 그리고 거기서 현택이네는 제천으로 우리는 공주 너희 고모네로 갈 거니까, 혹시 무슨 일 있더라도 꼭 거기로 가족들 데리고 가야 한다."

"아바지도 같이 가시잖아요?"

"그래, 나도 같이 갈 것이기는 한데 그전에 먼저 평양 재환이한테 다녀와야 돼서 서로 길이 어찌 될지 알 수 없는 거 아니겠니."

"알았어요, 그럼 아까 아저씨한테 말씀하셨듯이 사리원역에서 이튿날까지 기다리고 만약 아바지 못 만나도 개성역으로 다시 가면 되지요?"

"그래, 내 어찌해서든 그리로 갈 테니 거기서 만나면 된다. 그리고 만약에 말이다, 그때까지도 아바지를 만나지 못하면 공주 고모네를 찾아가면 된다 말이다, 알았네?"

"네, 공주 가서 고모네를 어찌 찾지요?"

"공주에 가면 유구시장이 있다. 거기에 개성상회가 있는데 그게 고모네가 하는 상회니 찾는데 어렵지는 않을 게다. 아바지가 평양 다녀오는 길이 별일 없다면 사리원역이나 개성역에서 만날 수 있을 테니, 너무 걱정은 하지 말고 어마이하고 동생들 잘 챙겨야 한다. 그리고 혹시 몰라서 집 장독대 젤 큰 독 밑에 작년 사과 판 돈 상자로 묻어 놨으니 알고 있고."

"네, 알겠어요. 아바지, 꼭 몸조심하시고 다녀오셔요."

정길은 지난번 평양에 다녀왔던 대로 철길을 이용해서 다녀오기로 하고 급히 평양으로 떠나고, 규태는 손수레에 피난 시에 사용할 세간 몇 점과 어린애들을 싣고는 피난길에 올랐다.

마을에서 보아왔던 대로 신작로는 철수하는 군인들과 장비들 그리고 피난민들이 뒤섞여 그야말로 아수라장이었고, 어른과 다 큰 자식들은 짐보따리 한 개씩 머리에 이고 지고 사람들 속을 헤치며 걷기 시작했다.

12월 초의 날은 아무리 꽁꽁 싸매 입었다 하나 그 추위에 어린아이들은 아이들대로 추위와 싸우고, 어른들은 이고 진 짐보따리로 불편한 걸음걸이에 또 사람들과 이리저리 부딪히며 걷느라 해 질 녘이 다 돼서 사리원역에 도착했다.

역시나 사리원에서 개성 가는 기차도 끊겨 꼼짝없이 마냥 걸어서 이남으로 가야만 하는 처지가 됐다. 역사 모퉁이 한구석에 자리를 잡고 애들을 뉘이니 손수레 위에서 얼마나 고되게 움츠려 있었든지 다들 곯아떨어지고 만다.

"어마이, 다리 좀 펴고 앉아 보셔요. 아주머니도 이리 앉으셔요."

재순이 지친 어머니와 현택 어머니를 자리 잡아 앉히고는 동생 재신과 저녁 요깃거리를 준비하려고 분주히 움직인다.

"우리 재환이도 현택이도 별 탈 없어야 할 텐데."

"어마이, 너무 걱정하지 마셔요. 아바지가 올라가셨으니 무슨 소식을 들어오시겠지요."

"너희 아바지도 걱정이다. 이 난리 통에 갔다 온다는 게 말처럼 쉬운 일도 아닐 건데, 내가 괜히 고집부렸는가 보다. 제발 무사했으면 하는데…."

정길이 종일 걸어 평양 수용소에 도착하니 그곳은 이미 인민군대가 진을 치고 있었다. 초병에게 수용자에 대해 물으니, 지금 수용소 안에 수용자는 한 명도 없고 수용소는 사단 지휘소로 사용하고 있다 하기에 얼마 전까지 수용자들이 있었는데 다 어디로 간 것이냐 물으니 자신들은 모른다고만 하고 내치기에 바쁘다.

더 이상 머물러 보아야 아들의 소재를 알 수 없기에 얼마 전에 들렀던 규태의 친척 집에 가면 혹여 수용소 사정을 들을 수 있을까 하여 찾아가 보기로 하고 걸음을 옮긴다.

"어이 오셨네? 아들 소식 때문에 오셨네?"

“예, 수용소에 찾아가니 수용자는 한 명도 없다 하고 그 후 사정은 모른다 하여 이리로 왔습네다.”

“그렇구만, 규태는 아이 오고 혼자 오셨네?”

“예, 현택 아바지는 우리 가족까지 데리고 먼저 피난 떠나느라 저만 찾아 왔습네다.”

“거기도 벌써 피난들 가는구만.”

“어르신은 피난 안 떠나고 계신 겁네까?”

“나야 우리 할멈하고 살 만큼 산 사람들인데 이 추위에 고생스럽게 뭐 하러 피난을 하겠소? 어짜피 가 봐야 죽을 걸. 아들 며느리하고 애들만 이틀 전에 보냈다오.”

“아… 예. 어르신께서는 혹시 수용소에 관한 소식 들으신 거 있습네까?”

“그게 나도 직접 본 게 아니라서 조심스럽기는 한데, 들리는 말로는 지난번 자네하고 규태가 다녀가고 며칠 지나 인민군대가 평양에서 완전히 철수해서 의주 쪽으로 올라갈 때, 그때 수용소에 있던 수용자들을 모두 끌어내어 죽이고 갔다는 말을 들었다네.”

순간 정길은 정신이 혼미해지고 다리에 힘이 풀려 풀썩 그 자리에 주저앉고 말았다.

“어디로 끌고 가서 그랬답네까?”

“듣기로는 봉화산 자락 보통강 뚝방으로 끌어냈다 하던

데, 직접 본 게 아이라서."

"전부 죽였답네까?"

"인민군들이 후퇴해 가면서 모두 그랬다 하는데 뚝방에 새카맣게 있었다고 합디다. 혹여 가 볼 생각은 하지 마시오."

"가서 확인해 보려던 참입네다."

"그러지 마소. 그리고 가려 해도 갈 수도 없을 거요. 이미 그 주변 곳곳에 출입을 통제하고 있다 들었소. 잘못하다간 험한 꼴 당하기 십상일 거라 말이오. 아들들 먼저 보냈다 생각하고 잘 내려가서 남은 가족들이나 잘 챙기소. 그리고 우리 규테 조카한테도 그리 일러 주고."

정길이 이러지도 저러지도 못하고 엉거주춤 서 있으니 어르신이 그냥 내려가라 한다.

규태의 친척 집에서 나온 정길은 일단 보통강 뚝방으로 가 보기로 하고 발걸음을 옮기는데, 시내에는 무장한 군인들이 삼엄하게 곳곳에 진을 치고 있어 될 수 있는 대로 그곳을 피해 가다 보니 시간이 꽤 지체된다. 그러나 자신의 눈으로 확인하지 않고서는 집에 가서 할 말도 없거니와, 자신도 평생 후회로 남을 것 같아 몸을 숨겨 가며 찾아가니, 역시 어르신의 말대로 처결했다는 장소에는 접근 자체가 불가능하여 그나마 아들 재환과 현택이 변을 당했을 언저리나마 보일 수 있는 봉화산 능선 자락에서 바라다보며 속으로 아들 재환을 외쳐 불러 본다.

'재환아 ~재환아 ~'

되돌아가야 할 길이 멀어 시급히 떠나야 하지만 정길은 차마 떨어지지 않는 발길을 어쩔 수 없이 힘겹게 옮기며 생각하건데, 돌아가게 되면 가족들을 만나 재환 소식을 평양에서 들은 대로 말하자니 가족 모두 충격에 빠질 게 뻔하고, 사실대로 말하지 않으려니 그러면 애들 어머니가 피난 가지 않고 아들을 기다리겠다고 고집하면 그것 역시 난감한 일이 될 게 뻔하였기 때문에 평양에서 사리원으로 가는 내내 고민에 고민을 거듭한다.

정길 본인이 직접 생사를 확인한 것이 아니니 들은 바대로 확신할 수는 없으나, 그렇다고 이 전쟁통에 충분히 그러고도 남을 것이라는 생각과 어짜피 현택네도 알려 주어야 하기 때문에 평양에서 들은 사실대로 말해 주어야겠다고 생각하며 사리원역으로 향한다.

"어, 아바지다!"

"어디? 맞다, 어마이! 아바지, 저기 아바지 오셨어요."

어스름 저녁이 다 되어 사리원역에서 가족들을 찾고 있는 정길을 셋째 딸 재봉과 재순이 알아보고는 소리친다.

"아바지, 아바지!"

재봉이 달려 나가면서 아버지와 만나 가족들이 있는 곳으로 오자 무사함과 상봉에 감사하며 마주 앉는다.

"그래, 별 탈 없이 다녀온 거네?"

현택 아버지의 물음에 선뜻 답을 못 하자 옆에 있던 재순 어머니의 얼굴이 흑색으로 변한다.

"왜요? 재환이한테 뭔 일 있는 겁네까?"

"아니요, 수용소에 가니 이미 신의주수용소로 전부 이동시켰다 합디다."

"언제 그리로 갔다 합네까?"

"지난번 현택 아바지하고 다녀오고 며칠 지나서 그리했답디다."

정길은 오는 내내 생각했던 것과는 다르게 아들의 소식을 전할 수밖에 없었다. 모두들 추위에 초췌하게 있는 모습을 보니 차마 바른대로 말을 할 수가 없었다.

"그래? 누구한테 들었더네?"

잠자코 듣고 있던 현택 아버지가 그리 묻지만 말투에는 이미 건조함이 느껴진다.

"수용소는 이미 군 사단 지휘소로 사용 중이라서 알아볼 수가 없어서리, 지난번 평양 갔을 때 들렀던 자네 친척 집에 가니 어르신이 계시길래 여쭤봤지 않네."

"가족 모두들 피난 안 떠나고 있더네?"

"아이다, 어르신 두 분만 남고 나머지는 떠났다 하더라. 그러면서 자네한테 안부 전해달라 하시더라."

정길이 규태의 친척 안부를 전하고 몸을 돌려 재순 어머니에게 눈길이 향하자 그나마 아들 소식은 들었으니 이제 어찌할지 마음먹었다는 표정이다.

"이제 재환이 안부도 알았으니 당신도 맘 편히 하고 떠납시다. 다 큰 딸들하고 막내아들도 살려야 되지 않겠소?"

"당신 뜻대로 합시다."

재순 어머니가 선뜻 대답하자 정길은 속에 감춘 생각이 혹여 들키지나 않았나 하는 생각을 하고는 현택 아버지 소매를 잡아끌며 잠시 보자 한다. 그 모습을 지켜보는 재순 어머니의 표정이 일순간 굳어진다.

"뭐래, 다른 할 말 있는 거네?"

"아이다, 좀 답답해서 자네하고 말 좀 하려고 안 그러네."

앉아 있던 곳에서 잠시 나왔을 뿐인데 온통 주변이 피난민들로 북새통이다.

"왜, 다른 할 말 있는 거 아니네?"

"맞다, 앞으로 자네 현택이 기다리지 말거라."

"죽였다 하더네?"

더 이상 말을 하지 못하고 정길은 고개만 끄덕인다.

"내 자네 처음 말할 때 이미 알았다. 그리 말해 잘했다."

"참말로 미안하다."

"그런 말 하지 말자 했지 않네? 지들 명이 그것밖에 안 되는 걸 우리가 뭐 어쩌겠네? 그리고 이 전쟁 통에 수용자를 어디 살려 두겠네. 어쨌든 애들 어마이들한테는 죽었다는 말 하지 말거래. 나중에 때가 되면, 그때 알려도 늦지 않다."

"그래야지. 이제 어쩌겠나? 우리도 이제부터는 서둘러야 할 거네. 오다 보니 유엔군들 후퇴가 급하게 이뤄지는 것 같던데, 중공군들이 이미 많이 내려온 듯 보였네."

"그래야지, 가슴 아픈 건 나중에 아프고 지금은 두 가족 열 명이 넘는 목숨이 경각에 달려 있는 거니, 어떻게 하면 무사히 내려갈 것인가만 생각하세."

"내일부터 걷기 시작해서 해주까지 나흘 안에 도착해야 하네. 해주에서 배를 탈 수 있으면 인천까지는 바로 갈 수 있을 텐데, 배를 타는 게 안 되면 개성까지 다시 나흘 안에 가야 하네."

"해주까지 나흘, 거기서 개성까지 다시 나흘, 그렇다면 별 탈 없이 가면 이달 보름 안에 갈 수 있다는 거 아니네?"

"맞네, 그리 가야만 인민군대에 따라잡히지 않을 거네."

"어른들만 있다면야 하루에 오십 리 가는 게 어려운 건 아닌데, 어린애들이 있어서리."

"어쩔 수 없지 않네? 그리 도착해야 개성에서 그나마 내려가는 기차를 탈 수 있을 게야."

"어떻게 해서든 개성에서는 기차를 타야 할 텐데. 안 그러면 사뭇 걸어가야 하는데 그게 되겠나 싶네."

다음날 날이 새자마자 아이들을 주섬주섬 챙기고는 또다시 걷기 시작하여 나흘 만에 해주에 도착하여 배편을 알아보니, 그동안 해주 지역에서의 치열했던 전투로 온 가족이 타고 갈 수 있는 배편은 하나도 남아있지를 않았다.

"역시나 생각하던 대로네. 어쩌겠네? 다시 걸어가야지."

"그럼 이번에는 사흘 안에 개성까지 가야 하는 거 아니네?"

"맞네, 우선 첫날은 청단까지, 둘째 날은 연안까지, 셋째 날은 배천까지, 그리고 나흘째 되는 날 개성으로 길을 잡아야 하네."

온 가족들이 엄동설한에 잠도 제대로 못 자고 더구나 먹는 것도 어려워 다들 기진맥진해 가지만 또다시 길을 나설 수밖에 없다. 다시 걷기 시작하여 나흘째 되는 날, 일행 앞에 꽁꽁 얼어붙고 하얗게 눈밭이 되어버린 예성강이 펼쳐져 있고 강나루 쪽으로는 유엔군들과 전쟁 장비들이 강을 건너기 위해 진을 치고 있다.

"아버지, 이 강을 건너서 조금만 더 가면 개성이지요?"

"그래, 맞다. 이제 조금만 참으면 개성 도착하지 않더네."

재순이 아버지와 말을 나누며 걷는 사이 하늘에 웬 비행기 두 대가 나타나는가 싶더니 '까강' 소리와 함께 순간 주변에 정적이 흘렀다.

이윽고 여기저기서 비명이 들려 재순이 설핏 든 잠에서 깬 듯이 몽롱한 상태에서 몸을 일으키니, 여기저기 피를 흘리고 쓰러진 사람들이 보이고 손수레 끌던 아버지도 그리고 셋째 여동생 재춘이도 움직임이 없다.

"아바지! 어마이!"

재순이 외침에 재순 어머니와 현택 아버지가 정신을 차리고 보니, 재순이가 정신 잃은 사람들을 소리쳐 부르고 있었다. 잠시 후 재순 아버지와 현택 어머니도 몸을 일으키는데 둘 다 어딘가 많이 불편해 보인다.

"정길이, 괜찮네?"

"어찌 된 일이네?"

"중공군 비행기가 날아오는 거 같드만 그 후로는 나도 정신을 잠깐 잃었는데 재순이 소리쳐서 일어난 거라네."

"아바지, 재춘이가 깨어나질 않아요."

"이리 보자."

재순 아버지와 어머니가 동생 재춘이를 아무리 흔들어 깨워 보지만 움직임이 없다. 잠시 후 현택 아버지가 다가

가 살펴보더니 고개를 젓는다.

순간 재순 어머니가 동생을 품에 안고 통곡이 터지고 따라서 재순도 동생들도 따라 우는데 주변에 여기저기서 신음과 곡소리가 퍼진다.

얼마간의 시간이 흘러 일행이 주변을 추스르고 다시 걷기 시작해도 재순 어머니는 숨이 끊어져 싸늘해진 넷째 딸을 솜이불에 말아 가슴에 안은 채 그저 눈물을 쏟고 그런 어머니의 모습을 안타까워하며 재순은 동생들을 다독여 준다.

"재순 어마이, 이제 재춘이 보내줍시다."

강을 다 건너도록 재순 어머니가 죽은 딸을 놓지 못하자, 일행이 더 이상 지체되면 위험해질 수도 있기에 현택 아버지가 청을 한다.

"재순 어마이, 재춘이 이리 주소."

현택 아버지가 자신의 품에서 죽은 딸을 놓지 않으려는 재순 어머니에게서 빼앗다시피 하여 강기슭 양지바른 곳을 찾아 언 땅을 녹여가며 겨우 얼마를 파서는 죽은 재순의 동생을 솜이불에 덮은 채 곱게 묻어주었고 그 모습을 정신 나간 사람이 되어 바라보고 있던 재순 어머니를 재순이 부축하여 다시 길을 걸으려 하지만 어머니는 걸음이 떨어지지 않으니 자꾸 되돌아보기만 할 뿐 앞으로 나아가지를 못한다.

중공군 비행기의 폭격으로 재순의 셋째 여동생이 죽고

막내 남동생은 양 귀에서 피가 나는데도 당장 어찌 손쓸 방법이 없다. 또한 재순이 아버지도 현택이 어머니도 어딘가 몸이 불편해 보이지만 그냥 괜찮다고만 한다.

"아바지, 안 좋아 보이시는데 계속 가실 수 있겠어요?"

"괜찮다, 어마이하고 동생들 잘 챙겨 보라."

재순이 그런 아버지가 걱정돼 자꾸 묻지만, 그때마다 괜찮다고만 한다.

"재남이 귀를 치료해야 될 거 같은데 개성에 약방이라도 연 데가 있으려나 모르겠다."

"제가 약방 나오면 가볼게요."

개성역으로 가는 길에 있는 몇 군데의 약방을 다 가보았지만, 문을 연 데는 없었다. 기차를 타게 되면 서울에 도착해서 다시 의원을 찾기로 하고 역으로 들어서니 이미 역 광장은 그야말로 피난민들로 발 디딜 틈도 없었고 일행은 서로를 놓치지 않으려 안간힘을 쓰며 플랫폼으로 들어서니 화차 하나가 서 있는데 사람이 탈 수 있는 곳이면 어디든 빽빽하게 사람들이 타고 있는 것이었다.

"어째, 그래도 저걸 타야 되지 않갔네?"

"그래야지, 벌써 열흘 동안이나 걸었는데 지금 이 상태로 더 걷기는 무리이지 싶네."

정길과 규태가 화차의 제일 앞칸 쪽으로 가니 탄가루가 날리는 곳이라 그런지 조금의 공간이 있어 자리를 잡고는 출발하기를 하염없이 기다리나 화차는 움직일 생각을 않는다.

"이거 언제 갈지도 모르는데 계속 기다려야 하네?"

"그래도 지금 애들 걷게 하는 거보다는 낫지 않겠네."

"더 지체했다가는 인민군대가 내려오면 그때는 꼼짝할 수 없을 텐데."

그렇게 기차는 하룻밤을 꼬박 지나고 아침에야 출발했다.

"재남이 많이 아프네?"

재순이 막냇동생에게 말을 걸지만 동생 재남은 알아듣지를 못한다.

"어마이 아바지, 재남이가 제가 말을 해도 못 알아듣는 거 같은데요?"

"그래? 재남아, 재남아!"

재순 아버지가 막내아들을 부르니 대답을 하는데, 말을 알아듣고 하는 게 아니라 아버지의 표정을 보고 하는 것이다.

"아무래도 귀를 많이 다쳤나 보다. 어여 의원에 가봐야 할 텐데."

"탈 없이 기차가 가기만 하면 오후에는 서울에 도착하지 않겠네? 가면 바로 의원부터 찾아보자."

일행의 생각과는 다르게 기차는 사람이 걷는 것보다 약간 더 빠를 뿐이다. 우여곡절 끝에 기차는 서울역에 도착했고, 서울역에서 나와서 재순과 재순 아버지는 재남이를 데리고 남대문 쪽 길에 있는 의원들을 가보았으나 문을 연 데는 한 군데도 없었다. 그나마 약방 한군데에 가서 문을 두드리니 사람 한 명이 나온다.

"무슨 일이신지요?"

"우리 애 좀 봐주시라요, 며칠 전 비행기 폭격 때부터 귀에서 피가 나는데 못 듣는 거 같습네다."

"어디 한번 봅시다요."

그러면서 재남이를 자신의 앞으로 당겨 안고는 귀를 살펴본다.

"내 의원이 아니라서 정확히 말씀드리기 어려우나 고막이 많이 상한 듯싶습니다."

"어찌하면 돼갔습네까?"

"내가 치료할 수는 없으니 우선 내 항생제를 몇 개 줄 테니 그거 먹이고 바로 의원 찾아가 보십시오. 그래, 어디까지 피난하려고 하십니까?"

"우선 공주까지 가려 합네다."

"아직 그쪽으로는 별일 없을 테니 가시거든 먼저 의원 들러보세요. 우리도 지금 피난 떠나려던 참입니다."

그렇게 약방에서 약을 받아 들고는 일행들이 있는 서울역으로 갔다.

"의원은 찾았네?"

"아이다, 의원은 문 연 데가 없고 다행히 약방 한군데서 애를 봐줬는데, 고막이 많이 상한 거 같으니 내려가거든 의원 먼저 찾아가 보라 하면서 항생제 좀 줘서 받아왔다."

재순이 일행이 있는 서울역으로 돌아왔을 때까지도 재순 어머니는 넷째딸을 황망하게 보낸 충격에 쌓인 상태 그대로였다.

서울역에서 아래로 내려가는 기차는 없었다. 전쟁 초기에 이미 한강 인도교에 이어 철교마저도 끊어놓아서 일행은 또다시 걸어서 영등포역까지 가야 했다.

"영등포에 가서 기차를 타야 하지 않겠네?"

"그래야 할 텐데, 가는 기차가 있을지 모를 일 아니네."

"이남 땅에는 비행기 폭격이 없었다 하니 다니지 않겠네?"

"한강 다리도 잘라 놨는데 다른 데라고 성하게 뒀을지 모를 일 아니네."

"그렇기는 하네, 인민군대 늦춘다고 한강 다리도 끊어버렸으니 그 많은 피난민은 어찌하겠네."

"그나마 강이 얼어 있어야 걸어서 건널 수 있을 텐데."

"오늘은 늦었으니 예서 하룻밤 지내고 내일 아침 밝는 대로 움직이세."

"그래야겠네. 날도 저물었고 추위도 너무 심해 아이들

이 큰 병이나 나지 않을까 걱정이네."

전선이 계속 밀리고 있다는 소문이 있어 마음은 급하지만 그렇다고 밤새워서 걸을 수는 없었기에 서울역 한 귀퉁이에서 밤을 보내기로 하고 정길과 규태는 플랫폼 아래에 자리를 잡는다.

"몸은 괜찮은 거네? 보아하니 어디 불편해 보이던데."

"속이 좀 답답해서 그런 거 아니네? 좀 지나면 괜찮아지겠지. 나야 그만하지만 현택 어마이도 안 좋아 보이던데?"

"그날 비행기 폭격 있고부터 안 좋아 보이기는 하는데 지금 뭐 어쩔 수 없으니 답답하다네."

"그나마 어린애들이 잘 견뎌주어서 다행 아니네."

"제들도 아는 거 아니겠네, 지금 투정 부려봐야 될 일이 아니란 걸."

"이놈의 전쟁이 사람을 다 망가뜨리지 않네."

"왜 아니겠네. 이렇게 해서 살아간들 뭔 영화가 있을 거라고."

"갑자기 맘 약한 소리는, 우리라도 강건해야지 안 그럼 저 많은 식구들 어쩌겠네?"

"그래야지, 재환 어마이는 내 걱정이 많다."

"생떼같은 자식을 눈앞에서 잃었는데 저러는 것도 당연한 거 아니겠네."

"오래 갈 거다. 그러니 자네가 잘 다독여야 한다."

"다행히 재순이가 다 커서 제 어마이 노릇 대신해 줘서 내 얼마나 고마운지 모르겠다."

"그래 맞다, 재순이 자네 딸이지만 내 딸과도 같이 생각하는 거 자네 아네?"

"내 왜 모르겠네? 늘 고맙게 생각하고 있다. 그나저나 제천에는 작은아바지가 산다고 했네?"

"제천 가기 전에 봉양이라고 있는데, 거기서 정미소를 꽤 크게 한다고 들었는데 우리 식구들 찾아가면 괄시나 안 받았으면 좋겠는데 어떨지."

"조카를 왜 괄시하겠네? 괜히 그런 생각하지 말게."

"자네는 공주에 고모가 계신다고?"

"전에 아바지한테 듣기로 공주에서 좀 떨어진 유구라는 데가 있는데 거기 시장에서 조그만 상회를 한다고 들었다네. 나야말로 우리 식구들 구박받을까 걱정이라네. 더구나 우리는 맘 여린 여자애들하고 어린 재남이 아니네?"

"이 난리 통에 뭐 구박이 대수겠네, 어짜피 조만간 고향에도 못 갈 거 같으면 어찌 됐든 목숨 부지해서 살길 찾아야지 않겠네."

"내일 영등포 가서 기차를 타면 좋겠지만 그게 안 되면 또 걸어가야 하는데 더 걸을 수 있겠네?"

“지금 이 추위에 더 걷는 건 무리일지 싶다. 이미 20여 일 넘게 추위에 떨기도 했고, 또 먼 길을 걸어왔으니 무리다.”

“여기저기 들리는 소문에 며칠 후 해가 바뀌면 서울을 다시 내주게 될지도 모른다고들 한다.”

“아니 고작 꽹과리나 치며 내려오는 중공군한테 유엔군이 그리 밀린다는 게 참.”

“한두 명도 아니고 떼를 지어 밀고 온다는데 뭐 유엔군이라고 버틸 수 있겠네?”

“그럼 또다시 낙동강까지 밀릴 수 있다는 거네?”

“그건 아닐 게다. 그때는 유엔군도 없이 이남 군대만 있을 때니 밀린 거지.”

“내가 가려는 제천이나 자네가 가려는 공주까지는 밀리지 않아야 할 텐데 걱정이다.”

“중공군도 마냥 밀고 내려오지는 못할 거다. 내 생각엔 원래 삼십팔도선쯤에서 이 전쟁을 마무리 지으려 하지 않을까 싶다.”

“왜 그리 생각하네?”

“생각해 보게. 이미 유엔군이 들어와 있는데 이남을 통째로 내주겠네?”

“그럼 나라가 완전히 둘로 쪼개진다는 거네?”

“아마도 그리되기 쉬울 거 아이겠네.”

“그리되면 그예 남과 북이 남남이 되는 거잖네.”

"이미 남남 된 지 오래됐다 아이네?"

"그래도 전쟁 마무리되면 고향 땅에는 갈 수 있겠지?"

"어디 그리되겠네? 전쟁이 끝난다 해도 남과 북으로 나뉘면 쉬이 고향 땅에 다시 갈 수는 없을 게구마."

다음날 날이 새고 서울역에서 용산을 지나 이촌 나루에 다다르니 강변은 강을 건너려는 사람들로 인산인해다. 초겨울부터 유난히도 매서웠던 날씨 탓에 예성강의 몇 배나 되어 보이는 한강이지만 꽁꽁 얼어 있어 그나마 천만다행으로 강을 걸어서 건너게 되었다. 강을 건너는 내내 불어오는 강바람은 왜 그리도 세차게 휘몰아치는지, 앞으로 한 걸음 나아가기가 쉽지가 않다.

"재순아, 어마이 미끄러 넘어지지 않게 잘 챙겨야 한다."

"예 아바지, 아바지도 미끄러우니 조심하셔요."

한강을 건너고 십여 리를 더 가 영등포역에 다다르니 역 광장이 이북에서 내려온 사람들과 피난 떠나는 서울시민들로 아수라장이다.

"이 지경인데 기차나 탈 수 있겠네?"

"그래도 타야 되지 않겠네?"

정길과 규태가 아수라장인 광장의 사람들을 보고는 기차 타는 것이 엄두가 나지를 않아 서로 바라보며 한숨을 쉬는데, 멀리서 들려오는 포 소리가 잦게 들리는 것을 보니 인민군이 꽤나 가깝게 밀고 내려온 듯싶다.

"서둘러야 되는데 어디 갈 수가 있어야지 원."

정길과 규태가 사람들에 밀려 간신히 중심을 잡으려고 하는 찰나에 '아악' 외마디 비명이 들리는가 싶더니 한 무리의 사람들이 중심을 잃고 추수 끝난 논의 볏단 넘어가듯 쓰러진다.

"어마이! 제 손 놓치면 아이 됩니다."

"재신아! 재봉아!"

휩쓸려 쓰러지는 무리에서 간신히 중심을 잡은 재순이 어머니의 손을 잡고 몸을 곧추세웠으나 순식간에 동생들이 보이지 않는다.

"재신아! 재봉아!"

"아바지, 재신이 재봉이가 안 보여요."

워낙 순식간에 일어난 일이 돼서 누가 어디에 있는지 알 수도 없고 그나마 떼로 넘어지는 무리에 휩쓸리지 않은 것이 다행인가 싶었지만, 재순의 동생들이 보이지 않는다.

"재순아, 괜찮네?"

"예. 아바지, 어마이도 여기 계신데 동생들이 안 보여요."

여기저기서 가족을 찾는 소리에 재순이 소리쳐 보아도 제대로 들리지 않는데 그때 무리 앞에서 아버지를 부르는 소리가 있어 보니 재신이와 재봉이었다.

"재신이 괜찮네? 넘어지지 않았드래?"

재순이 다가온 재신의 손을 잡아주니 재신과 재봉이 안도의 숨을 쉰다.

"어찌 된 거네?"

"큰언니야, 재신 언니가 사람들 넘어지려 할 때 내 손 잡고 날래게 피했다. 그래서 넘어지지 않았다."

다행히 넘어지는 무리에 휩쓸리지는 않았으나 여러 사람이 다친 듯 여기저기서 고통을 호소하고 있다.

"여보게, 우리 여기 더 있다가는 사람들한테 깔려서 뭔 일 나지 않겠네?"

"기차를 타려면 어쩔 수 없지 않네."

"아이 되겠다, 우선 여기서 빠져나가야 되겠다."

"그럼 기차 타지 않겠다는 거네?"

"예서 더 있어 봐야 기차를 탈 수도 없을 거고 혹여 탄다 해도 언제 떠날지 모를 일 아니겠네? 더구나 인민군이 가깝게 온 모양인데 힘들어도 수원까지는 걸어가 보세."

그렇게 해서 일행은 영등포역을 빠져나와 수원역까지 걷기로 한다.

"수원역에 가면 기차를 타는 데 좀 수월하지 않겠네?"

"그렇기는 할 텐데, 수원까지 하루 반나절은 족히 걸어야 하는데."

"어쩔 수 없지 않네? 계속 여기 있다가는 아무것도 안 되니 힘들어도 조금만 더 걷자."

"재순아, 걸을 수 있겠네?"

"어마이하고 동생들이 걱정이지, 저는 괜찮아요. 어마이, 힘드셔도 조금만 더 버티셔야 해요."

재순이 어머니에게 말을 건네도 재순 어머니는 대꾸도 없이 그저 퀭한 눈으로 한 번 재순을 응시하고는 막내아들 손을 움켜쥐고는 걷기만 한다.

"재순 어마이가 끝까지 잘 버텨줘야 할 텐데 걱정이다."

규태가 정길을 보며 걱정스러운 표정을 짓는다.

"나도 걱정이네. 그리고 여보게, 우리 원래 수원까지 같이 가고 거기서 서로 갈라지려 했잖네?"

"그렇지."

"생각해 보니 여기서부터 걷기 시작했으니 제천까지 걷는 게 자네 식구들한테 무리일지 싶다. 그러니 수원에서 기차를 타고 조치원까지 가면 거기서 충주까지 가는 기차가 있을 테니 그리 가는 게 낫지 않겠네?"

"충주까지 가는 기차가 있더네?"

"있다. 충주까지 기차를 타고 거기서 제천 봉양까지는 하루면 갈 수 있을 거네."

"그럼 그리해야지."

도로에는 기차를 타지 못하고 걷는 피난민들이 끝도 없이 이어진다.

"다들 어데까지 내려갈는지."

"이남 사람들이야 친척들이 많이 있지 않겠네? 우리같이 이북에서 오는 사람들이 갈 데 없어 걱정이지."

"우리나 자네는 그나마 갈 데라도 있으니 다행 아니네."

수원으로 가까워질수록 피난민들의 숫자는 다행히 줄어들기 시작한다.

수원역으로 들어가니 피난민을 가득 태운 화차가 서 있다. 원래는 석탄과 화물을 싣는 기차였는데 짐 대신에 칸칸마다 사람들로 가득하긴 해도 며칠 전 영등포에서의 기차보다는 몸 들이밀 정도는 되어서 일행은 모처럼 걷지 않고 갈 수 있게 되었다.

"여기서라도 이리 타고 갈 수 있으니 다행 아니네?"

"애들은 이리 눕히고. 재순아, 어마이도 좀 뉘시게 해라."

규태가 자기 가족들 공간을 마련하고 재순네도 자리 잡을 수 있도록 부지런히 공간을 확보한다.

"재남이 귀는 좀 어떻네?"

"약을 먹여서 그런지 피 나오는 건 멈췄는데 공주 가는 대로 의원에 데려가 봐야 않겠네?"

"다른 아이들도 손이고 발이고 멀쩡한 데가 없는데, 기차가 지체하지 말고 갔으면 좋겠구마."

기차는 역마다 사람들이 내리고 타고 하느라 끊임없이 지체하지만 그래도 아래로 아래로 내려간다.

일행이 조치원역에 도착하니 해가 바뀌어 새해 첫날이다. 피난 기차에서 새해를 맞이한 것이다.

"우리 모두 예까지 오느라 고생 많았다. 새해도 되고 하였으니 먼저 하늘로 간 재춘이를 위해 기도하자."

두 가족이 기차에서 내리자마자 그 자리에서 새해 기도를 올리고는 현택이네 가족이 타고 갈 기차 편을 알아보러 정실과 규태가 역무실로 들어갔다가 나온다.

"아바지, 기차 편이 있답니까?"

"오늘 밤에 출발하는 화차가 있다 하는구나."

"참말 다행이네요."

"우리 이제 여기서부터는 따로 가야 하는데 가기 전에 밥이라도 한 끼하고 가야 되지 않겠네?"

"그리하셔요, 아바지."

"그럼 재신이하고 재봉이는 나가서 밥 먹을 데 찾아보고 아저씨께 말씀드려라. 아바지는 재남이 데리고 의원이 있나 좀 찾아봐야겠다."

"아바지, 저도 같이 가요."

재순이 아버지와 재남이를 데리고 의원을 찾아 나선다.

"읍내가 크지 않네요, 아바지."

"시골이 다 그렇지 않겠네."

읍내가 작다 보니 기차역에서 멀지 않은 곳에 의원이 있어 들어가서 재남이를 보이자 의사가 재남이의 상태를 살펴본 후 고개를 가로젓는다. 의사는 고막이 심하게 파열돼서 치료가 어려울 거 같고, 따라서 앞으로 청력을 회복하기도 어려울 거라 말한다. 공주에 도착하면 다시 한번 의원에 가보기로 하고 역으로 가니 재신이 기다리고 있다.

"언니, 의원 찾았어?"

"진료받기는 했는데 아바지가 공주 가면 다시 의원에 가보신다 했다. 밥 먹을 데는 찾았네?"

"찾았다, 어마이도 아저씨네도 다 거기 계신다."

재순이 재신을 따라가니 역 앞 시장 거리 안에 있는 천막이 쳐진 집에 모두 모여 있었다.

"재남이는 어떠하다네?"

"고막이 많이 상했다 하는데, 공주 가면 다시 의원에 가볼라 한다. 걱정 안 해도 된다."

규태의 물음에 의사에게서 들은 바대로 말하지 않는다.

"그래 치료 잘해주게. 그리고 우리는 어짜피 이따 기차가 출발한다 하니 자네는 밥 먹고 바로 가게."

"아이다, 자네 가는 거 봐야 내 맘이 편하지 않겠네?"

"그러지 않아도 된다. 그리고 날도 추운데 한시라도 빨리 가게, 내 걱정은 하지 말고."

"알았다, 내 알아서 갈 테니 자네도 내 걱정하지 말게. 그리고 봉양에 가거든, 게서 머물 상황이 아니면 바로 우리 있는 데로 와야 하네."

"알았다, 어찌 됐든 이제껏 온 거보다야 낫지 않겠네? 공주는 예서 얼마나 되네?"

"한 오십 리 된다."

"꽤 멀지 않네. 밥 먹고 부지런히 걸어도 저녁 되어야 도착하겠는데, 그런데 공주에서도 더 간다 하지 않았네?"

"유구라고 공주에서 오십 리 가야 하는 길이라 하더라."

"그럼 내일이나 가겠구나."

"아무튼 서로 연락하고 살아야 한다. 앞으로 어찌 될지 모르지만, 고향에 돌아갈 때 같이 가야 하지 않겠네? 그러니 갈 때까지 무슨 일이라도 생기면 꼭 연락해야 한다."

"알았네. 가족들 잘 챙기고, 그리고 자네도 의원에 가봐야 안 하겠네? 한번 꼭 가보게."

오랫동안 한 고향에서 같이 살다가 같이 피난 와서 이제는 서로 헤어져야 하니 만감이 교차하는 두 사람이다.

"아저씨 아주마이, 건강하시고 또 뵐게요."

"그래, 재순이 너도 잘 지내고 어마이 잘 챙겨드리라."

재순이 현택네 가족들에게 작별 인사를 건넨다.

“어서 출발하게. 지금 출발해도 공주 도착하면 해 떨어질 텐데, 우리는 저녁에 기차 간다고 했으니 걱정은 하지 말고.”

“뭔 일 있거든 꼭 연락하고, 조만간 다시 보세.”

정길은 쉬이 떨어지지 않는 발길을 돌려 가족을 데리고 공주로 향한다.

공주에 도착하여 재남이를 데리고 의원을 찾아가서 진료를 받았으나, 조치원에서와 똑같이 진단하고는 이미 병증이 깊고 오래되어서 치료가 불가능하고 향후로 청력 회복도 어려울 것이라고 하며 따라서 이제 다섯 살밖에 안 된 아이라서 듣는 것이 불가능하면 말하는 것도 점차 잊어버릴 것이며 그로 인해 듣는 것도 말하는 것도 어려울 것이라는 의사의 말을 듣고는 재순과 아버지는 충격을 받는다.

재순이 의원에서의 검진결과를 어머니에게 전하니 어머니는 자신의 가슴을 치고 재남이의 얼굴을 쓰다듬으며 말없이 눈물만 흘릴 뿐이다.

유구에 도착하여 개성상회는 시장이 그리 크지 않아 어렵지 않게 찾을 수 있었다. 상회에 있던 재순의 고모는 갑작스레 들이닥친 자신의 동생과 가족들을 보고는 이미 어느 정도 예견을 하고 있던 터라 크게 당황스러워하지는 않았지만, 일행의 행색을 보고는 적잖이 놀라워한다.

"아이고 동생아, 이리 살아 와줬다네. 그렇지 않아도 오늘 서울에서 다시 유엔군이 철수했다는 소식이 들리는데 동생네 소식이 없어서리 걱정하고 있었드랬는데."

"그래 잘 지냈셨네? 전쟁 피해는 없었고?"

"여기는 남자들 노무단에 징용된 거 말고는 큰 피해는 아직 없다. 아이고, 올케도 고생 많았겠다."

"고모, 저 재순이여요. 잘 지내셨어요?"

"네가 재순이네? 야야, 이제 몰라보게 컸구나. 시집갈 때 다 됐네. 이러고 있을 게 아이고 어여 집에 가야 되잖네."

재순 고모가 일행을 데리고 자신의 집으로 향하면서도 피난 온 것에 연신 놀라워하며 식구들을 반갑게 맞이해 줘서 그나마 다행이다 싶은데, 아직 재순 어머니는 말이 없다.

"엄청시리 고생 많았지 않네? 어디 보자, 손이고 발이고 다들 동상 걸렸구나야."

일행의 모습을 보고는 재순 고모는 연신 혀를 차기 바쁘면서도 동생과 조카들을 챙기느라 여념이 없다.

"그래 다들 탈 없이 내려온 거가? 아니, 재환이가 아이 보이잖니?"

"재환이는 일이 좀 있어서 나중에 내려올 겁네. 그리고 오면서 다섯째 재춘이를 비행기 폭격으로 잃었음네."

"저런, 그런 일이 있었다네? 그래서 올케가 저리 말이 없구나. 전쟁통에 사람이 죽어 나가는 게 일상이지만 자식을 잃었으니 불쌍해 어쩐다네."

"재순 어마이 속이 말이 아닐 게니 이해하소."

아무 말도 없이 재순 어머니가 막내를 씻기고 가족들 갈아입을 옷들을 하나하나 챙겨 놓는 모습을 재순 아버지가 보고는 재순 고모에게 나지막하게 말한다.

"누님, 우리가 당분간 머무를 만한 데가 있을까요?"

"그렇지 않아도 동생네가 피난 내려오면 머무를 만한 데를 내 찾아봤는데 번듯이 집같이 생긴 데라고는 없고, 더구나 여기는 피난 내려간 사람들이 없어서리 빈집도 없다네."

"누님, 번듯한 집은 찾지도 않고요, 그냥 식구들 비만 안 맞고 누울 수만 있으면 됩니다."

"우리 집이 크다면 같이 지내면 좋을 텐데 그렇지도 않아서. 그래서 사람들한테 수소문해 봤더니 예서 시오리 떨어진 곳에 예전 화전민들이 살았던 데가 있는데, 그곳이 지금은 비어있다고 하니 누추하겠지만 그리 가면 어떨까 하네."

"그래요? 그럼 거기 가서 자리 잡아야겠음네. 거기가 어디입네?"

"여기서 저기 보이는 산이 태화산인데 그 남쪽 자락에 샘골이라는 데가 나오고, 가는 길에 마곡사라는 절이 있는데 거길 지나면 바로라 하네."

피난 생활

샘골의 날들

태화산의 북쪽 산허리를 돌아서며 바로 나오는 마곡사의 경내를 가로질러 산의 품속 같은 곳으로 들어가니, 들은 대로 화전민 터가 아늑하게 자리 잡고 있다. 화전민들이 떠난 지 오래돼서 그런지 반쯤씩은 허물어진 토담집 다섯 채가 앙증맞게도 이웃하며 나란히 있는 게 꼭 고향 마을 같다.

“여기가 맞는 듯한데요, 아바지.”

“고모가 일러준 샘골이 맞는 거 같구나.”

“근데 두 집은 사람이 사는가 본데요?”

“가서 한번 알아봐야겠다.”

재순과 아버지가 샘골에 들어서며 바라보이는 토담집을 보고는 가족이 머무를 데를 정하기 위해 사람을 찾아본다.

집을 고치느라 분주한 와중에 올라오는 가족 일행을 바라보는 나이가 제법 젊어 보이는 사람에게 다가가며 재순 아버지가 인사를 한다.

"여기가 샘골입네까?"

"예가 샘골인지는 저희도 모르겠습니만, 예전 화전민이 살던 곳인 듯싶습네다."

"아 그래요. 우리는 지금 피난 내려오는 길인데 젊은이도 이북에서 내려온 겁네까?"

"예, 우리는 해주에서 왔습네다, 이틀 전에요. 아저씨네도 예서 살려고 오는 겁네까?"

"그렇습네다, 우린 황주에서 내려오는 중입네다. 여기 있는 집들은 주인이 있는 겁네까?"

"우리도 내려온 지 이틀 돼서 잘은 모르지만 아무 세간이 없는 거 봐서는 주인도 없는 거 같습네다. 아저씨네도 빈집 세 개 있으니 좀 쓸 만한 곳에 자리 잡으시라요."

아무리 봐도 쓸 만한 집이라고는 없는 것 같아 가장 오른쪽 끝 집으로 정하여 짐을 풀고는 집 여기저기를 살펴본다. 일단 비는 피할 수 있는 지붕은 그나마 쓸 만하나, 토담벽이 무너진 곳이 많아 손봐야 할 곳이 꽤나 많다.

"재순아, 우리가 가져온 물건과 고모가 챙겨준 것들 챙겨놓고, 방이랑 부엌이랑 우선 손봐야겠다."

"네, 아바지. 재봉이는 재남이랑 놀아주고 재신이는 내 따라서 정리 좀 하자."

"언니야, 먼저 방부터 치워야겠다. 어마이 좀 쉬시게."

"그리해야겠다."

재순과 동생 재신이 급히 방 하나를 치우고는 맥없이 앉아 있는 어머니를 방으로 드시라 하는데, 그동안의 지친 몸과 마음으로 인해서 한 걸음 떼는 몸이 휘청인다.

재순이 주변에서 마른 나뭇가지를 가져다 아궁이에 불을 지피자 방바닥이고 벽이고 연기가 새지 않는 곳이 없다.

"아바지, 연기 새는 데부터 막아야 될 거 같네요."

"알았다, 이거 좀 치워 놓고. 그리고 재순아, 내일 아바지와 유구에 나가 필요한 물건 좀 구해 와야 할 듯하니, 당장 필요한 것부터 챙겨 보라."

딱히 연기가 샌다고 해서 못 지낼 것도 없는 것이 한 달여간을 집다운 곳에서 머문 적이 없던 터라 지금 이 토담집마저도 그저 감사할 뿐이다. 내일 유구장에 나가 당장 필요한 세간살이와 손봐야 할 집에 필요한 물건들 구해다 고치면 될 듯하여 우선 하룻밤 지낼 수 있도록 집 주변을 정리하고는 실로 오랜만에 긴 잠을 이룬다.

"재순아, 시장 다녀오자."

다음날 재순과 아버지가 장으로 가기 위해 길을 나서며 마곡사 경내를 가로지르는데, 어젯밤 내린 눈이 경내에 소복이 쌓여 있고 예전 현택과 같이 갔었던 성불사와 똑같이 안마당에 오층 석탑과 응진전이 있는 것이 참으로 신기하다 생각하며 길을 걷는다.

"어때, 머물 만은 하더네?"

"여기저기 손봐야 할 데가 많기는 하지만 그래도 당장 비는 피할 수 있으니 다행입네."

"재순아, 어마이는 어떠시네?"

고모가 재순 아버지와 이야기를 나누다 재순을 보고는 어머니의 안부를 묻는다.

"여전히 말씀이 없으시기는 한데, 좀 지나면 나아지시지 않을까 싶습네다."

"그래야지, 우리 재순이가 고생이 많다."

"아입니다, 어마이 아바지가 고생이지요."

"필요한 거 있으면 고모한테 말해라. 내 다 사줄 테니."

"예, 아바지가 필요한 거 말씀해 주신 것 중에 문 창호지가 있어야 해서 지물포에 가려 합네다."

"알았다, 같이 가자."

작은 시골 시장이라 몇 집 지나니 바로 지물포가 나왔다.

"이 처자가 이번에 피난 내려왔다는 조카인가?"

"그렇다네. 재순아, 창호지 얼마나 필요한지 말해 보라."

지물포 아주머니는 창호지 한 장을 떼고는 재순이 얼굴 한번 쳐다보고 또 한 장을 떼고는 얼굴을 쳐다보기에 재순이 멋쩍어하면서 지물포 문간을 넘어 나선다.

"재순이 올해 나이가 몇이네?"

"올해 설 쇠면 스무 살 됩네다."

"그래? 진짜 시집갈 때 됐구나야."

지물포 아주머니 때문에 얼굴이 화끈댔는데 거기다 고모가 한술 더 뜨는 바람에 재순은 얼굴이 홍당무가 되어 아버지를 찾는다.

"동생, 이 전쟁이 어쨌든 마무리되면 재순이 시집 보내야 될 거 같네."

"아직 멀었다 아입니까? 그리고 우리 재순이 공부 더 해야 합네다."

"글세, 그러려면 고향에 돌아가야 할 텐데 어찌 될지 알 수가 있겠네?"

어지간하게 사람이 머무를 수 있도록 집을 고치고 나니 어느새 새해 첫 달도 다 지나가고 있었으나, 전쟁은 여전히 치열하게 전개되어 서울이 다시 인민군에 뺏긴 데 이어 계속 밀리어 평택까지 유엔군이 밀리고 있다 한다. 그러나 다행히 재순이 머무르고 있는 곳까지는 아직 백삼십여 리 넘게 남아있어 당장은 괜찮지만, 계속해서 밀린다면 또다시 여기서 더 내려가야 하는 상황이 되지 않을까 하는 걱정이 되기 시작한다.

"아바지, 유엔군이 여기까지 밀릴까요?"

"글쎄 말이다, 중공군이 그리 밀고 내려온다 하는데 어찌 될지 알 수가 있겠네."

겨우겨우 다소간 머물 수 있도록 해놓았는데 또다시 여기서도 피난 가야 한다면 이제는 모두가 더는 못 할 것 같다는 생각이다.

"정길이 있는가?"

산으로 둘러싸인 샘골은 유난히도 저녁해가 짧다. 그렇기에 일찌감치 저녁을 마치고 가족 모두가 방에 있는데, 밖에서 낯익은 목소리로 재순 아버지를 부르는 소리가 들린다.

"뉘십네? 아니, 규태 이 사람아! 어찌 된 건가? 아니 아니, 어여들 방으로 들어오게."

낯설지 않은 피난민 한 가족이 밖에 서 있는데 바로 현택이네 가족이다. 재순 아버지는 맨발로 뛰어나가서는 가족들이 얼른 방으로 들어가기를 청한다.

"어찌 된 건가? 아니, 밥은? 아이 먹지 않았네?"

현택 아버지의 말에 따르면 인민군대가 서울 점령 후 원주를 지나 제천으로 내려오고 있다는 소식을 듣고는 바로 짐을 꾸려 이리로 온 것이라 한다.

"잘 왔네, 잘 왔어. 여기는 아직까지는 안심해도 된다네."

재순 아버지는 진심으로 현택 아버지가 반가운 모양이다.

다음날부터 비어 있던 토담집 하나를 고치기 시작하니 두 집의 일손 탓인지 아님 한 번 해 보았다는 것 때문인지 조금은 수월하게 그래도 사람이 누울 수 있도록 만들어 놓았다.

"여보게, 유엔군의 일제 반격이 다시 시작되었다고 하네."

"그래, 더 밀리지 않고 위로 올라간다는 말 아이네?"

"평택, 제천까지 밀리고는 시작되는 반격이라 하네. 자네 제천에서 나오기 천만다행 아이네?"

"이번에 밀고 올라가면 평양까지 되찾았으면 좋겠구만."

"왜 아이겠네."

그러나 둘의 바램처럼 전선은 평양을 탈환하지는 못하고 서울을 탈환하는 데 그치며 삼십팔도선 근처에서 소강상태의 전쟁이 지속되는 가운데 휴전 이야기가 돌기 시작한다.

"뭐래, 휴전을 한다고?"

"그래 말이네. 무고한 사람들 다 죽여 놓고 농토는 쑥밭 만들어 놓고 그야말로 온 천지를 다 풍비박산 만들어 놓고는 휴전한다고?"

"왜 아니겠네."

"그래도 그렇게 휴전이라도 해서 우리 고향에 돌아가면 좋겠구나."

"삼십팔도선 근처에서 휴전선이 그어지면 그때는 우리가 고향 땅에는 못 가게 될 거이네."

"그럼 영영 고향에 못 가게 된다는 거네?"

"그래 되지 않겠네? 서로 죽고 죽이는 전쟁을 했는데."

"그리되면 우리 현택이, 재환이 영영 못 찾는다는 거 아이네?"

"아마도 그리되겠지."

"그리고 우리가 두고 온 집, 땅도 모조리 다 못 찾고."

"어쨌든 전쟁이 이제 휴전회담을 한다고 하니 조만간 끝날 거 같은데, 전쟁이 끝나고서도 고향에 돌아가지 못하면 우리는 예서 뭐 해 먹고살아야 하네? 그게 제일 걱정 아이겠네."

"우리가 예서 살려면 농토가 있어야 할 텐데, 땅 한 마지기 없는데."

"어디 우리뿐이겠네? 이북에서 내려온 수많은 피난민이 다 같이 겪고 있는 일일 텐데."

"나라에서 우리 같은 피난민들 먹고살게는 해줄는지 모를 일 아이네?"

"나라라고 해서리 그 많은 피난민을 어찌 다 해결해 주겠네."

"그렇기는 하지만 당장 뭘 해 먹고살 방도가 없잖네."

"찾아봐야 않겠네?"

전쟁은 휴전회담이 진행되며 더 이상 밀려 내려오고 또 밀고 올라가지는 못한 채 지지부진하게 시간만 흘러가고 있고, 계절도 어느새 그 매서웠던 겨울이 지나고 새봄이 시작되었다.

"자네 이제 뭘 하고 살 생각인가?"

"나도 자네한테 그걸 말하고 싶었다네."

"나는 전쟁이 이리 오래갈 거라 생각 못 해서리, 그동안 사과 농사 지면서 모아 놓았던 돈 대부분을 집에 감춰두고 왔다네."

"뭐, 가지고 왔다 해도 쓸모가 있간? 어짜피 여기서는 통용도 안 되는걸."

"그럼 뭐 하고 살아야 한다네? 농토가 있어 농사를 질 수가 있나, 저 앞에 땅에다 과수 농사를 진다 해도 열매를 맺을라면 몇 년을 기다려야 하는데."

"또 심어 놓으면 뭐 하겠네? 나중에 땅 주인이 와서 내 놓으라면 다 헛일이 되고 말 텐데."

"그도 그렇구만."

"그래도 우리는 제천에 갔더니 정미소 하면서 좀 여유

가 있다고, 다만 얼마간이라도 식구들 끼니는 때울 수 있게 도와줘서 받아 왔다네."

"잘 됐구나야."

"자네는 공주에 누님이 계시지 않네?"

"누님도 그리 형편이 넉넉한 거 같아 뵈지는 않더라. 그래도 자네처럼 다소 도움은 받고 있다네."

"그래, 영영 우리 고향에 못 가고 이남에서 살게 되면 우째 살아야 하는지 걱정이다."

"넘 걱정하지 말게. 우쨌든 신체 멀쩡하면 뭐든 못 해 먹고살겠네?"

피난민들 대다수가 같은 처지일 거라는 생각은 하면서도 당장 내 일이 되니 앞으로 살아갈 날이 막막하기만 한 것은 어쩔 수 없는 일이다.

"아바지, 오늘 재신이가 유구 고모네 상회에 다녀왔는데요. 고모 말씀이 지금 전쟁 중이라 군인들 피복 만드는데 필요한 직물 공장이 유구에 많아서 저나 재신이가 일할 데가 있다 합네다."

"재순이 너하고 재신이가 직물 공장에서 일을 하겠다고?"

"예, 아바지. 이제 날도 따뜻해지기 시작하는데 뭐라도 해야 되지 않을까 생각하고 있었는데, 마침 고모께서 말씀해 주셔서 다행이다 싶어 지금 말씀드리는 거예요."

"너희들은 학교에 다녀야지. 그런 걱정은 하지 말래이."

"아바지, 학교는 아직도 전쟁이 끝나지 않았는데 어찌 다니겠어요? 그리고 저희들이 다니던 황주에 있는 학교에는 갈 수도 없는데요."

"휴전회담이 진행되고 있다 하니, 회담이 끝나게 되면 상황이 잘 마무리되어 고향에 돌아갈 수 있을지 모르잖니."

"만일 고향에 돌아가게 되면 그때까지라도 일하면 되잖아요. 그렇지 않아요, 어마이?"

"네, 아바지 말씀처럼 전쟁이 끝나면 어찌 될지 모를 일은 맞지만, 먹고살 걱정은 아바지와 어마이가 하면 된다. 그러니 너희들은 그런 걱정 하지 말거래이."

"어마이, 이미 고모께 다음 달부터 언니랑 나가겠다고 말씀드리고 왔어요. 어마이야말로 몸도 안 좋으신데 집에 계시면서 재남이나 돌봐주셔요."

"그래요, 아바지 어마이. 우리들 학교는 아까 말씀드린 대로 다닐 수 있게 되면 그때는 일 다니는 거 그만둘게요."

전쟁 통에 마침 유구 지역에는 군인들과 군대에서 사용되는 피복 관련 제품을 만드는 직물 공장들이 꽤 많이 가동되고 있었다. 하여 일을 할 수 있는 몸이면 일자리를 구하는 게 크게 어렵지는 않았다.

"알았다, 그런데 아침저녁으로 저 산길을 매일같이 넘

어 다녀야 하는데 괜찮겠네?"

"네, 아바지. 그래서 재순 언니하고 저하고 또 현숙이하고 셋이서 다니기로 했거든요."

"현숙이도 다니겠다 하네?"

"예, 그러니 너무 걱정하시지 않아도 되셔요."

정길은 재순과 둘째 딸이 집안 걱정을 하여 나름 할 일을 찾는 것이 미안하지만 한편으론 고맙기도 하다.

"우리 재순이랑 재신이가 자네 딸하고 유구에 있는 직물 공장에 일하러 다니겠다고 하던데, 들었네?"

"어제저녁에 얘기하더만, 자네 집 딸들하고 같이 다니기로 했다고. 그래, 자네는 그리하라 했네?"

"첨엔 안 된다 했는데, 두 아이들이 하도 하겠다 해서 전쟁 끝나고 학교 다닐 때까지만 그리하라고 했다네."

"나도 그리했네만, 전쟁이 끝나도 우리 바램대로 어디 되겠네?"

"그래 말이네."

"그나저나 애들도 그리 살아보겠다고 하는데 우리도 뭐라도 해야 않겠네?"

"해야지."

"그래, 뭐 생각한 거라도 있는 거네?"

"기차역이 가까우면 기차 화물 나르는 거 하면 돈은 좀 벌 수 있을 텐데, 여기서는 천안역도 가는 데 반나절은 걸리고 조치원역은 오히려 그것보다 더 걸리니 그것도 할 수가 없고. 해서 생각한 건데 우리 유구시장에서 짐 나르는 거 하면 어떻겠네?"

"짐 날라주고 삯 받는 일을 하자는 거네?"

"그렇지. 며칠 전 유구 장날에 가보니 마을에서 들고나는 짐들은 많은데 그걸 나르지 못하는 사람들이 꽤 많아 보이길래 생각해 봤는데 어떻겠네?"

"좋은 생각이다, 근데 뭘로 짐을 나른다네?"

"뭐 작은 짐은 지게로 져서 나르면 되고 또 큰 짐은 소달구지로 하면 되지 않겠네?"

"그럼 소달구지를 장만해야겠구나."

"그렇지, 자네하고 나하고 둘이서 지게 하나랑 소달구지 하나랑 이리 갖고 하면 어떤 일도 다 맡아서 할 수 있지 않겠네?"

"알았네, 그럼 소달구지 살 때까지 열심히 벌어야겠네."

"그래. 그럼 마침 오늘이 유구장이니 아침 먹고 한번 다녀오세."

정길과 규태는 무엇인가 할 일을 찾았다는 생각과 그 기대에 들뜬 마음으로 아침을 먹고는 유구장으로 향한다.

시장 규모가 그리 크지는 않았지만 장날에는 동네 곳곳

에서 생산되어 나오는 농산물도 많았고 평일에도 직물 공장이 많은 탓에 운반해야 하는 일이 두 사람의 일감으로는 괜찮아 보였다.

시장에서 짐을 나르는 일은 예상했던 것보다 일감이 많았다. 전쟁이 막바지라고는 하나, 군에서 필요한 피복 등을 비롯한 제품이 많이 생산되고 있지만 이를 옮길 인력은 부족한 상태여서 정길과 규태는 쉬는 날 없이 연일 일을 하기에 여념이 없었다.

"왜 그리 숨 가빠 하네?"

"글세, 요즘 들어 부쩍 그러지 않네?"

"요사이 마른기침도 자주 하는 거 같던데, 의원에 한번 들러봐야 않겠네?"

"봄철이라 그리 안 하겠네? 며칠 지나면 좋아질 테니 너무 걱정하지 말게."

규태가 다른 날과 다르게 짐을 나르면서 숨을 가빠하는 정길을 보며 걱정스레 말을 건넨다. 정길 자신도 몸 상태가 평소와 다름을 느끼고는 좀 일찍 일을 마감하고 집으로 향한다.

"재순 아바지, 오늘은 일찍 오시었네요."

"몸이 좀 좋지 않아서리."

지고 있던 지게를 처마 밑에 내려놓고는 접었던 바짓단을 풀어 툭툭 먼지를 털어내고는 방으로 들어가 눕는다.

"어데 몸이 많이 안 좋은가, 안색도 안 좋고요."

따라 방으로 들어온 재순 어머니는 누워 있는 재순 아버지에게 베개를 고여주며 걱정스레 바라본다.

"너무 무리하는 거 아니네요?"

"좀 쉬면 나아질게요, 봄이라 그렇지 않겠소."

다음날도 몸 상태는 그리 호전되어 보이지는 않은 듯싶지만, 하루를 공치고 싶지는 않아서 규태를 재촉하여 장에 나갔지만 몇 짐 하지도 않았는데 숨이 차오르는 게 안 되겠다 싶었는지 장 입구에 있는 의원을 찾아간다.

"언제부터 이러셨어요?"

"숨이 차고 그런 거는 꽤 됐는데 그럭저럭 지낼 만해서리, 요즘 들어서는 부쩍 숨이 차고 마른기침도 자주 하고 그러지 않습메."

의사는 정길을 문진하고는 흉부 사진을 찍어 보자고 하더니 여러 장의 사진을 찍은 후 잠시 밖에서 기다리고 한다.

"의사가 뭐라 하네?"

"아직 가슴 사진만 여러 장 찍더니 좀 기다리라고 하네. 며칠 더 기다려 볼 걸 괜히 와서 돈만 쓰는 거 아니네?"

"이 사람아, 그깟 돈이 대수네? 몸이 성해야지."

얼마간 기다리니 의사가 다시 들어오라 하더니 손가락부터 발끝까지 온몸을 살펴보고는 밖에서 기다리고 있는 규태를 들어오게 한다.

"같이 오신 분과는 어찌 되시는지?"

"아, 친한 친구입네다."

"그럼 잠시 나가 계시면 약 처방을 해 드릴 테니 친구분 좀 들어오시라 하세요."

"친구는 왜?"

"그냥 잠깐 봤으면 해서요."

정길이 진료실을 나가면서 밖에서 기다리고 있는 규태에게 의사가 잠깐 보자 한다고 말하고는 의자에 앉는다.

"어서 오세요, 정길 님과는 친구 되신다고요?"

"네에, 황주에서 같은 동네 살다 피난 내려와서 지금도 같은 동네에 삽니다. 근데 왜?"

"정길님 혼자십니까?"

"아입네다, 처도 있고 자식들도 있습네다. 근데 그건 왜?"

"그럼 친구분이 정길 님 모시고 대전에 있는 큰 병원에 가 보셨으면 해서요. 그러니 집에 가시거든 가족분들께 꼭 그리 말씀해 주셔요."

"왜, 큰 병입네까?"

"아직은 속단하기는 이른데, 그리 상태가 좋아 보이지는 않습니다. 그러니 꼭 이른 시간 내에 말씀드린 대로 하셨으면 합니다."

"잘 알겠습네다."

규태가 진료실을 나오니 정길은 약봉지를 들고 기다리고 있다.

"의사가 자네는 왜 보자고 한 거네?"

"자기네같이 작은 의원에서는 뭐라 말하기가 어렵다고, 다른 데서 한 번 더 검사를 받아보라 한다."

"왜, 죽을병이라 하너네?"

"이 사람이, 죽을병은 무슨!"

규태가 갑자기 큰소리로 화를 내는 바람에 무심코 말을 던졌던 정길이 흠칫 놀라며 무안해한다.

"아니면 왜 다른 병원을 더 가보라 하는데? 며칠 쉬면 될 걸. 안 갈란다."

"자네가 그럴 거 같으니 의사가 나를 보자고 한 거 아니겠네?"

규태가 집에 돌아와 정길을 방에 들여보내고는 재순 어머니를 잠시 보자고 하고는 울타리 밖으로 나간다.

"무슨 일이신데요?"

"오늘도 여전히 몸이 안 좋다 해서리, 일 마치고 의원에 들렀었는데 의사가 하는 말이 재순 아버지가 고집부릴 거 같다면서 내보고 얘기했는데, 대전에 있는 큰 병원에 꼭 가보라 합네다."

순간 재순 어머니의 얼굴에 근심이 가득히 드리워진다.

"큰 병 났다 합네까?"

"자세한 얘기는 하지 않는데, 일단 큰 병원에 가보라 하는 게 예사 병은 아니지 않나 싶습네다."

"대전까지 저 몸으로 어찌 다녀온답니까?"

"소달구지라도 빌려서 내 다녀오면 되니 그건 너무 걱정하지 마시고, 재순 아버지 병원 안 가겠다고 고집부릴 거 뻔하니 설득 잘하셔야 합네다."

저녁을 먹고 난 후 가족들이 다 모인 자리에서 재순 어머니는 낮에 있었던 일에 대해 말을 꺼낸다.

"아바지가 오늘 의원에 다녀오셨는데 다른 병원에 다시 가보시라고 의사가 말했다는데, 너희 아바지는 안 가겠다 하신다."

"아바지, 몸이 그리 많이 안 좋으신 거여요?"

놀란 재순이 묻자 재신, 재봉이 놀란 표정을 짓는다.

"아바지, 의사가 말한 대로 하셔야지요, 안 그러다 진짜 병이 깊어지면 어쩌시려구요?"

"아이다, 요새 좀 무리했더니 그런 거지 괜찮다."

"괜찮기는요. 요새 제가 봐도 아버지가 마른기침도 자주 하시고 조금만 걸으셔도 힘들어하시는 게, 그러잖아도 이상하다 생각했는데 아이 됩네다."

"당신은 괜한 말을 해서리, 애들 놀라지 않소."

"아바지, 병이 나면 얼른 고칠 생각을 하셔야지, 그러다 큰 병 나시면 그땐 어찌하시려구요."

예상했던 대로 재순 아버지는 병원에 다시 가지 않겠다고 고집을 부리고 그걸 설득하느라 재순을 비롯한 세 딸이 나서 재촉을 해대니 마지못해 한 번 더 병원에 가보기로 한다.

"이런 증상이 언제부터 그랬습니까?"

"숨이 좀 가쁜 거야 지난해부터인가 싶습네다. 그러다 요즘에는 기침까지 나오고 있는 겁네다."

"걷는데 숨이 많이 차지는 않으셨어요? 이쯤 되면 힘드셨을 텐데."

"뭐, 쉬엄쉬엄하면서 지냈는데… 왜, 큰 병입네까?"

"멀리서 오셨는데 보호자와 같이 오셨지요?"

"친구하고 같이 왔습네다."

"아, 그래요? 그럼 보호자께 자세히 말씀드릴 테니 처방에 잘 따르시기 바랍니다."

대전 유성에 있는 병원에서도 진료 의사는 정길에게 직

접 말하지 않고 보호자에게 말하려 하지만, 정길은 자신이 직접 결과를 듣겠다 한다.

"선생님, 저가 난리 통에 이북에서 피난 내려올 때 죽을 고비 수도 없이 겪었습네다. 이제 뭐 병이 깊어 당장 내일 죽는다 해도 상관없습네다. 그러니 저한테 말해주시라요. 이미 공주 의원에서도 똑같은 일이 있어 저도 대충 생각하고 있으니 괜히 감추고 말 것도 없습네다."

정길의 간곡한 부탁에 진료 의사는 정길의 청을 들어주어 규태와 함께 진료 결과를 말해 주기로 한다.

"정히 그러시다면 보호자와 같이 들으시지요, 정길 님께서는 '특발성 폐섬유화증'으로 의심이 됩니다. 이는 폐조직이 점점 섬유화되어 가는 질병으로, 아직까지는 특별한 치료법은 없으나 상태의 진행을 늦춰 주는 약물치료는 시행할 수 있습니다."

"고치지 못할 병이라면 일찍 일이 생길 수도 있다는 말입네까?"

"안타깝게도 이 병의 예후는 그리 좋지 못한 것이 사실입니다. 그렇다고 바로 어떻게 된다는 말은 아닙니다. 그러니 너무 상심할 필요도 없으니 약물치료 잘 받으시고 흡연은 절대 하면 안 되고, 드시는 것 또한 잘하셔야 합니다."

"담배는 원래 하지 않았는데 왜 이런 병에 걸립네까?"

"꼭 흡연을 하지 않더라도 환경적 요인이나, 유전, 체질 등 여러 요인으로 발병하는 병증입니다. 특히 피난민들에게는 열악한 환경과 조건들이 있었지 않았습니까."

진료 의사가 진단 결과를 설명하는 내내 정길은 아무 말 없이 듣기만 하고, 규태가 발병 원인과 치료 방법 등에 대해서 자세히 묻는다.

"이놈의 전쟁이 원수 아니네?"

진료를 마치고 병원 문을 나서면서 규태가 허공에 대고 소리를 치자 정길이 그런 규태를 물끄러미 쳐다본다.

병원을 다녀오고 반년이 지났을 무렵에 재순 아버지는 결국 자리보전을 하게 되었고, 얼마 지나지 않아서부터는 상태가 급격히 나빠졌다.

"많이 힘드네?"

방에 누워서 가쁜 숨을 몰아쉬고 있는 정길을 규태가 내려다보며 나지막이 묻자 정길은 고개를 끄덕이다가 또 가로젓기도 한다. 아마도 재순 아버지는 힘에 부치지만 친구에게 그런 모습을 내보이고 싶지는 않은 듯 행동에서 무심히 나타내고 있는 것이다.

"힘들면 힘들다고 해도 된다, 억지로 참지 말거래."

더 이상 두 사람 간에 말로 하는 대화는 거의 불가능하고 그저 눈짓과 표정으로 읽어내는 수밖에 없을 만큼 오늘 정길의 상태가 좋지 않아 보인다.

“지금쯤이면 고향의 사과 익는 냄새가 온 마을을 휘감고 있을 게야, 안 그러네? 그 산밭을 일궈서 묘목을 심고 거름을 내고 전지를 해주고 해서 우리가 얻었던 것들인데 지금은 누가 돌보고 있을까? 누가 됐든지 잘 돌봐주고 있음 좋겠구만. 그래야 이 전쟁이 끝나면 날래가서 잘 익은 사과 하나 따서 한입에 베어 물었으면 참 좋겠구나야.”

규태가 정길의 손을 잡고 혼자 넋두리하듯 말을 하니 정길이 가쁜 숨을 몰아쉬면서도 흡사 고향 땅에 가 있는 듯 얼굴 표정은 평화롭기 그지없다.

“우리 그 피땀 흘려 가꿔 놓은 고향 과수밭에 가봐야 하지 않겠네? 그럴라고 죽을 고비 수없이 넘겨 가면서 여기까지 살아온 거 아니겠네. 나는 어젯밤에도 자네하고 사과 공판 내고 읍내서 탁배기 한 사발 받아들었던 날이 꿈에 나왔었다네. 어디 어젯밤뿐이겠네? 늘상 꿈꾸고 또 그 희망 하나로 버티며 살아가는 거 아니겠네. 그러니 우리 더 버텨내며 살아야지. 그런데 자네가 이리 누워 있으면 어쩌란 거네? 날래 일어나서 고향 찾아갈 준비 해야지, 나한테 자네 말고 또 누가 있어 고향에 같이 가겠네. 자네가 내 이웃이고 친구여서 얼마나 감사한지 모른다네, 자네는 안 그렇네?”

규태가 혼자 묻고 답하고 있는데 정길의 숨소리는 점점 더 가빠지고 있는 것이, 이제 작별할 때가 가까워옴을 느껴 문밖에서 눈물 훔치고 있는 재순 어머니를 들어오라 한다.

"재순 어마이, 우리 친구 편히 가게 해주시라요."

울음도 말라 마른 눈물만 흘리는 재순 어머니는 규태의 말을 듣고는 남편의 손을 맞잡고는 조용히 기도를 올린다.

"재순 어마이, 재순 아바이가 뭐라 말하는 거 같소."

문밖에서 조용히 지켜보고 있던 규태가 정길의 모습을 보고는 급히 소리친다.

"재순 아바이, 말씀하시라요."

가만히 가슴팍에 얼굴을 묻으니 정길이 뭐라 한마디 하려고 온 힘을 다 쓰고 있다.

"재… 환… 이, 기… 다… 리… 지… 마… 요…."

"재환이 기다리지 말라고요?"

재순 어머니가 입 모양을 보고 읽어낸 말을 되묻자 정길이 두 눈을 깜빡인다.

"재환 아바지, 내 다 알고 있었시오. 재환이 하늘나라에 가 있는 거, 그걸 여지껏 숨기고 있었습네까? 우리 재환이 만나면 어미가 많이많이 보고 싶다고 말해 주소."

그리고는 재순 아버지의 얼굴을 어루만지면서,

"여보, 고마워요."

힘겹게 이어지던 정길의 숨이 조용해지는데 그동안 가족에게조차 말을 꺼내지도 못했던 장남의 생사 여부를 마지막에서야 힘들게 꺼내야 했던 그 아픈 마음을 벗어 던지고 지금은 그토록 그리워하던 장남 재환을 만나고 있는 듯 얼굴이 평안하다.

재순이 동생 재신 그리고 이웃 동생 현숙과 함께 공장 일을 마치고 마곡사를 지나 마을 입구에 올라서니 집 마당에 웬 사람들이 모여 있는 게 보인다.

"언니야, 우리 집에 왜 사람들이 모여 있지?"

"글쎄, 어서 가봐야겠다."

집 마당에 다다르니 어머니는 방안에 멍하니 앉아 있고, 멀리서 보였던 사람들은 부엌을 드나들며 무엇인가 만드느라 부산하다.

"아바지! 아바지!"

재순은 아버지에게 일이 생겼음을 알아채고는 방으로 뛰어 들어가 흰 호청으로 덮여 있는 아버지를 보고는 아버지를 목놓아 부르며 통곡을 하는데, 그제사 초점 잃은 눈을 하고 있던 어머니도 재순과 재신을 끌어안고는 그만 참았던 울음을 터뜨리고 이 모습을 보는 사람들마저도 눈물을 훔치며 혀를 끈다.

"에고, 저 이쁜 딸들을 두고 어찌 눈을 감으셨대."

"누가 아니래요, 전쟁통에 고생 고생 피난 내려왔으면 저 딸들 시집 보내도록 살았어야지, 쯔쯔."

"그나저나 재순 엄마는 저 어린 사 남매하고 어찌 살아간대요."

"첫째 딸하고 둘째 딸은 그나마 나이가 있지만 셋째 딸하고 저 어린 막내까지 있으니 참, 사는 게 죽어라 죽어라 하네요."

"어떻게 하면 산 입에 거미줄이야 치겠냐만, 고생이 말이 아니겠지."

"집안에 기둥이 없어졌으니 남인 나도 걱정이 되네요."

저녁이 다 되어 재순 집으로 온 현택 아버지는 재순 어머니와 재순 형제들을 모아 놓고는 낮에 샘골 산등성이 아래 우묵하고 양지바른 곳에 뭇자리를 만들어 놓고 왔다 전하면서, 가족들에게 장사 지내는 일에 대해 이야기해 주고는 재순에게 따로 당부의 말을 전한다.

"재순이 이제는 아바지가 아이 계시니, 오늘부터는 네가 집안에 기둥이 되어야 어마이하고 동생들이 살 수 있게 된다는 걸 명심해야 한다. 휴전이 돼서 우리 살던 고향에 돌아갈 수 있게 된다면야 더할 나위 없겠지만, 만일 그렇지 않다면 여기서 어마이 모시고 살아갈 방도를 찾아야 한다. 내가 옆에 살면서 열심히 돕겠지만 아무리 해도 네 아바지

반의반도 안 될 거이니 마음 굳게 먹어야 안 하겠네?”

“예 아저씨, 말씀 명심할게요.”

“그리고 재신이 재봉이, 너희들도 이제부터는 재순 언니 말은 아바지 말씀이다 생각하고 따라야 한다.”

다음 날 현택 아버지는 이웃 사내와 함께 재순 아버지의 베옷을 입히는데 얼굴에는 온통 비 오듯 눈물이 흐른다. 마지막으로 인사를 나누기 위해 재순과 어머니를 방으로 들어오게 하고 생전 다니던 교회의 목회자들이 참석하여 찬송하고 기도하며 이승에서의 마지막 이별을 고한다.

계절은 초가을로 접어들었으나 지난밤부터 억수같이 장맛비가 쏟아져 내린다.

“정길이 이 친구야, 그리 가는 게 힘든데 왜 그리 일찍 나섰네?”

규태는 장사 날 아침에도 하염없이 쏟아져 내리는 비를 맞으며 분주히 오가는데, 얼굴에서 흘러내리는 물이 빗물인지 눈물인지 알 수가 없다.

쏟아지는 빗속에서도 이웃들의 도움으로 장사를 무사히 마치고 재순은 어머니를 안다시피 하며 집에 도착하니 어머니는 그저 멍하니 내리는 빗줄기만 바라다볼 뿐 아무 말이 없다.

“아저씨, 정말 고생 많이 하셨어요.”

"아이다, 고생은 무슨. 내가 먼저 갔어도 네 아바지도 그리했을 거다. 그러니 그런 말 말거래이."

"그래도 아저씨 안 계셨으면 저희가 어찌 일을 잘 치렀겠어요."

"우리는 다 같이 가족 아니네."

재순의 새 인연

재순이 아버지를 떠나보내고 실의에 잠겨 있는 어머니에 동생들 챙겨 가며 공장에 일을 하러 다니기에 여간 벅찬 일이 아니다. 무리한 날들이 지속되다 보니 한 해의 마지막 달에 들어서부터는 몸이 쇠잔해져 가는 게 보기에도 느껴지기 시작한다.

재순이 어머니와 함께 성탄절 예배를 마치고 나오는데 유구 고모가 할 말이 있다며 개성상회로 둘을 이끈다.

"내가 내 동생 떠나보내고 힘들게 사는 올케하고 애들 보면서 생각하고 또 생각한 건데, 오늘 얘기하려고 해."

"고모님, 하실 말씀이 무슨?"

재순이 고모에게 말을 독촉하니 앉았던 자세를 고쳐잡고는 재순 어머니에게 말을 꺼낸다.

"올케, 내 말 달리 생각하지 말고 들어야 돼. 나도 내 동생 그리 일찍 보내서 얼마나 가슴 아픈지 몰라. 그래도 이제는 산 사람은 또 살아야 하잖아. 올케 혼자 몸도 아니고 애들이 넷씩이나 있는데 앞으로 살아갈 일이 쉽다면 거짓말일 테고, 그래서 마침 재순이 혼처가 나와서 내 그 얘기를 하려고 이리로 오라 한 거여."

"형님, 재순이 시집가려면 좀 더 있어야 아니 합매? 그리고 우리 재순이 혼처는 제가 어떡해서든 좋은 데 찾아서 보낼 겁매."

고모 말을 듣고 있던 재순이 짐짓 놀라는 표정을 짓자 어머니가 사레를 친다.

"나도 올케가 생각하고 있을 거라는 것은 아는데, 재순이를 아주 좋게 보고 있는 혼처가 나와서. 그리고 동생도 그리 가고 나니 재순이 재신이가 벌어서 산다고는 하나 다섯 식구 사는 게 그리 만만치는 않을 테니 한번 잘 생각해 봐. 마침 말 나온 데가 아주 부자는 아니어도 그런대로 농토도 있고 또 사람도 괜찮다고 하고, 또 재순이도 이제 시집 보낼 나이가 안 된 것도 아니고."

"어디 사는 사람인데요, 고모?"

"아산 사는 사람인데 저 옆에 지물포 있잖니, 거기 조카라 한다."

"아산이면 여기서 가까운가요?"

"여기서는 백 리 좀 안 되지. 아산이라 해도 천안이랑 붙어 있다."

"뭐 하는 사람인데요, 고모?"

"집안 대대로 농사짓는다 하더라. 지금은 전쟁노무단에 징용 가서 있는데, 전쟁이 여기서는 이제 없어서 내년 봄에는 집에 돌아올 거라 하고."

"재순이 니는 왜 자꾸 묻는다네, 이제 가자."

재순이 자꾸 관심을 보이자 어머니는 재순의 팔을 잡아끌며 일어서려 하자, 재순이 잠깐 할 말이 더 있는지 엉거주춤 자세를 취한다.

"가자 하니, 재순이 니는 내가 못 먹고 못 살아도 농사짓는 사람이 아닌 데로 시집 보낼 거네. 그리 알라."

"올케, 지금 같은 난리에는 그저 밥 잘 먹고사는 게 제일이여. 난리 통에 못 먹어 굶어 죽은 사람이 얼마나 많은데."

"아무리 그래도, 내 전쟁 끝나면 재순이 학교 다 마치고 그리고 그때 시집 보낼 겁네."

재순은 어머니가 왜 그리도 심사가 뒤틀려 하시는지 모를 리 없지만, 언감생심 지금 같은 때에 그저 식구들 먹고사는 문제만 해결된다면 그보다 더 좋은 혼처는 없다는 생각을 한다.

"내달부터 재순이는 공장 일 그만두라."

"어마이, 왜요?"

"니 몸도 안 좋은데 종일 공장 안에서 일하면 큰 병 난다 아이가?"

"어마이, 아직 괜찮아요. 그리고 제가 집에 있으면 어떡하구요?"

"내가 나가서 일할 데 찾아 놓았으니 재순이 니는 재남이하고 재봉이나 챙겨주면 된다."

어머니는 재순이 사람들 입에 오르내리는 게 싫으신 게다. 그걸 모르지 않는 재순이지만 당장 자신이 일을 그만두면 동생 재신이 혼자 일해야 되는 상황이 되니 도저히 그리되게 할 수는 없다는 생각이 든다.

아버지라도 살아 계신다면 크게 걱정할 일은 아니건만 그렇지도 못하고, 더구나 이제 겨우 몸을 추스른 어머니가 일을 나가신다고 하니 더더욱 안될 일이다.

일을 마치고 재순이 동생 재신을 현숙과 잠시 시장통에서 집에 쓸 물건들을 사 오라 하고는 개성상회 고모에게로 향한다.

"재순이, 고모에게 할 말 있는 거니?"

"예, 고모. 지난번에 말씀하셨던 지물포 상회네 조카분 어떤 사람인지 여쭙고 싶어서요."

"네 어머니가 그리 안 된다 하는데 괜찮겠어?"

"그건 걱정 마셔요, 고모."

"알았다, 이리 들어와 앉아라. 내 궁금한 거 말해 줄 테니."

"나이는 얼마래요?"

"재순이 니가 올해 몇이지?"

"제가 올해 딱 스물인데요."

"그 조카가 스물여섯이라 했으니 그럼 너하고는 여섯 살 차이 나는구나."

"사람은 어떻대요?"

"사람은 참 순하고 좋대. 근데 집에 농토가 있어서 그거 지으면서 살라고 그 조카 아버지가 공부는 많이 안 가르쳤다고 하더라. 뭐 시골에서야 죄다 농사짓고 사는 게 제일이라 하니 그랬겠지."

"아, 네에."

"또 다른 거 궁금한 거는 없니?"

"예, 다른 거야 뭐 지금 우리 집 형편보다야 다 나을 텐데 뭐라 따지겠어요."

"그렇긴 하다만, 네가 배우기도 많이 하고 해서 네 엄마가 가만있지 않을 건데."

"그건 너무 걱정하지 마셔요. 아, 그리고 고모, 그 조카분 집도 교회 다니는 집인가요?"

"어디, 여기 사람들 교회 다니는 사람 거의 없다. 더구나 아직 완고한 할머니도 생전에 계신다 하더라."

"그럼 고모님이 조카분 친척 되시는 분께 제 말씀 좀 드려보셔요."

"알았다, 내 상회 마치고 말해 보겠다. 그러니 내일 일 마치는 대로 이리로 와라, 알겠지?"

"네 알겠어요. 아, 그리고 혹시 제가 그 친척분 만나 뵐 수 있을까요?"

"그럼 내일 너 여기 올 시간에 맞춰서 와 있으라 할 테니 그리하면 되겠지?"

재순이 지난밤 아무리 생각해도 지금으로서는 이리하는 것이 최선의 방법이라는 생각이다. 그동안 자신도 공장에서 일하느라 몸도 많이 축난 데다 더구나 자기 대신 어머니가 일을 다니시겠다고 하니 더 이상 다른 것을 생각할 수가 없어졌다.

다음날 재순이 일을 마치고 고모네 상회로 가면서 동생 재신에게 어머니에게 입단속을 단단히 시키는데 재신도 걱정에 안절부절이다.

"언니야, 지난번 언니 중신 들어온 거 때문에 고모에 가는 거 아이네?"

"자세히 알아는 봐야 할 거 같아서 그러니 재신이 너 어마이한테 입도 벙긋하지 말거래이. 그리고 현숙이 너도 집에 가서 말하면 안 된다, 알았네?"

재순이 이리 입단속을 시키고 고모네 상회에 도착하니 어제 말한 대로 그 조카분 친척이 와 있다.

"멀리서 설핏 본 대로 참 참하네, 안 그렇나?"

"누구 조카인데 안 그렇겠네?"

"인사드릴게요, 안재순이라 합네다."

"그래요, 내 고모한테 올해 스무 살이라고 들었는데. 고향은 이북 황해도고?"

"예, 황해도 황주에서 내려왔습니다."

"고모 말로는 학교 공부도 많이 했다고 들었는데 시집가게 되면 이제 공부는 못 할 텐데."

"그건 괜찮아요."

"쯔쯔, 아까워라, 이놈의 전쟁이 뭔지. 아, 그리고 집안에 모두 교회를 다닌다고 들었는데?"

"예, 고향에 있을 때부터 온 가족이 다 다니었어요. 지금도 그렇고요."

"근데 우리 친정은 교회 안 다니는데 혹시 집안에서 교회 못 다니게 해도 괜찮겠어요?"

"어쩔 수 없지요. 하지만 교회를 못 다닌다 해도 제가 하나님을 믿고 따르는 거는 변함이 없을 테니까요."

"내 조카가 육 남매의 장남이라 동생들이 아직 시집 장가 전이라네. 게다가 할머니도 생전에 계시고."

"저희 집도 형제들이 육 남매인걸요. 그런 거는 괜찮습니다."

"어째 이리 맘도 착할까. 그런데 우리 조카가 지금 노무단에 징용으로 가서 내년 봄이나 돼야 나온다 하니, 다가오는 설 명절에 내 친정에 가서 그때 우리 조카 한번 이리로 오라 할 테니 어떤가?"

"예, 그리 해 주시면 고맙겠습니다."

재순이 개성상회에서의 만남을 마치고 집으로 가면서도 연신 재신과 현숙에게 입단속 하느라 여념이 없다.

"언니야, 나도 어마이하고 생각이 같다. 전쟁이 끝나면 어찌 될지 모르는데 지금 당장 우리가 어렵다고 언니가 시집가 버리면 나중에 어떡하네?"

"재신아, 우리가 피난 내려와서 아바지가 계실 때는 그나마 먹고사는 건 되었지만 지금은 그것도 안 되잖니. 그리고 전쟁이 끝난다 해도 고향으로 돌아갈 수도 없을 게 분명한데 우리 다섯 식구 어떻게 살아가겠니? 그러니 너도 언니를 이해해 줬으면 좋겠다."

"언니를 이해 못 하는 게 아닌데, 그래도 나는 언니가 농사짓는 사람한테 시집가는 거 싫다."

"농사짓는 사람이 뭐 어때서? 우리 아바지도 농사지으셨잖네."

"우리는 과수원 했잖아."

"어쨌든 집에 가서 입도 벙긋하면 안 된다. 혹 어마이가 물어봐도 모른다고 해야 한다, 알았네?"

재차 동생 재신을 단속하고는 집에 오니 어머니가 왜 이리 늦었냐고 의심스레 묻는다.

"재순이 너 혹시라도 고모네 가면 안 된다이."

"고모네 안 갔어요, 어머니 걱정하시는 거 아는데요."

재순은 장에서 사 온 찬거리를 부엌에 두고는 냅다 방으로 뛰어 들어간다.

"언니야, 어마이 눈치채신 거 아이네?"

"아이다, 그랬으면 저래 물으시지 않는다."

"뭔데 언니들?"

"아이다. 재봉아, 오늘 뭐 하고 놀았네?"

"재남이 데리고 수화 공부하며 놀았다."

"우리 재봉이 착한 일 많이 해서 언니가 단팥빵 사 와주는 거니 맛있게 먹어야 한다."

옆에 있던 동생 재봉이 고개를 갸웃하며 묻자 둘은 황급히 동생의 말문을 막는다.

다음날 재봉이 어머니에게 어젯밤 두 언니가 했던 말을 전하면서 모든 게 들통나 버린다.

"재순아, 어마이가 그리 당부했는데 기어코 고모네 가지 않았네?"

"어찌 아셨는데요?"

"그게 중요한 일이가? 어마이가 분명 안 된다 했는데."

"어마이, 저도 어마이 말씀 따르고 싶은데요. 지금 우리 형편에 어찌할 수 있는 게 없잖아요. 그리고 전쟁 끝나도 이제 우리 고향에 올라가지 못해요. 그리고 이제 아바지도 안 계신데 어찌 살 수 있겠어요? 그러니 어마이, 저라도 시집가면 그 집이 먹고살 만한 집이라 하니 조금이라도 도움이 되지 않겠어요."

"니가 무슨 심청이네?"

"어마이, 제가 왜 팔려 가나요? 그렇지 않아요. 어마이도 아시다시피 저 공장 다니면서 몸이 힘들어요. 그러니 저도 어마이 말씀 어기면서 그러는 거예요."

어머니는 재순의 하소연에 말은 못 하고 그저 벽만 바라다본다.

"어마이, 그리고 지물포 집 조카 사람 참 좋대요."

"사람이 좋고 나쁘고 그래서 그러는 거가? 재순이 너가 미술 공부하고 싶다 한 거 알고 있는데 우야든 그거 해야 안 하네?"

"어마이, 그건 전쟁 나기 전이구요, 지금은 그때하고는 딴 세상이 되었잖아요. 전쟁으로 사람들 죽어 나가는데 그림이 다 뭐예요. 우선은 사람이 살고 봐야 하잖아요. 그리고 어마이, 저 미술 공부 생각 접은 지 오래됐어요. 그러니 어마이, 그런 생각 하지 않으셔도 돼요."

재순이 그동안 속에 있던 말을 쏟아내자 더 이상 어머니는 말을 잇지 못한다.

"어마이, 속상해하지 마셔요. 재환이 오라바이 그리되고 게다가 아바지마저 떠나셨을 때 이미 생각하고 있던 것이지 뭐 즉흥적으로 생각하고 말씀드리는 거 아녀요."

역시 아무 말 없이 듣고 있던 어머니의 얼굴에 두 줄기 눈물이 흐른다.

해가 바뀌고 설이 지나자 개성상회 고모네로부터 전갈이 왔다.

지물포 집 조카가 마침 설을 이레 앞둔 지난해 마지막 날 징용이 풀려 집에 돌아왔고, 샘골에서의 일련의 일들을 전하자 조카와 그 부모가 한번 만나 보겠다는 소식이었다.

"어마이, 지물포 집 조카분이 정월 보름날 이리로 오겠다 한 대요."

"재순이 너 기어코 그리하겠다는 거네?"

"어마이, 한번 만나 보시고 그때도 정히 싫으시다고 하면 어마이 뜻대로 할게요."

한편 지물포 집 조카의 집에서는 처음으로 혼담이 오간 집에 찾아가는 아들의 짐을 챙기느라 정신이 없다.

"원영아, 곡석을 좀 더 실어야 되는 거 아녀?"

"쌀 두 가마 그리고 잡곡들하고 고구마에 감자까지 실었는데 우선 이거면 되지 않겠어유?"

"그래도 영 뭔가 허전하게 보이는 게."

"이번에 이리 가고 가서 형편 보고 또 가면 되지유."

"그래라. 암튼 가서 어른께 말씀 잘 드리고."

"걱정하지 마셔유, 잘 댕겨올 테니."

원영은 소달구지에 지난해 농사지은 곡식들을 싣고는 마을 길을 빠져나가는데 걷는 발걸음이 가볍다.

"원영이 장에 가는 겨?"

"아녀, 색시 집에 가는 거라네."

"뭐라고? 너 장가가는 거여?"

주막거리를 다녀오던 석인이 원영을 보고는 매우 놀라는 표정을 짓는다.

한나절을 넘게 걸어 유구에 도착하니 어느새 해가 뉘엿

뉘엿 넘어가는 저녁이 되었다.

"고모, 저 왔어유."

"조카 왔구나, 먼 길 고생했다."

"아, 그리고 이거는 고모 갖다 드리라고 어머니, 아버지가 보낸 거유."

원영이 부모님이 챙겨준 참기름 들기름이며 여러 곡식을 담은 가마니를 내려놓는다.

"뭘 이리 많이 보냈다냐?"

"어머니가 좋은 사람 중매 서 줘서 고마우시다고 전해드리래유."

"그래, 오늘은 이미 늦었으니 여기서 자고 내일 날 밝으면 샘골로 가자꾸나."

날이 밝고 샘골에 찾아가니 집 밖으로 식구 모두가 마중 나와 있다.

"안녕하셨어유, 지는 정원영이라 해유."

"어서 오게. 먼 길 고생했을 텐데 들어가게."

"이거 먼저 내려놓구유."

"이게 다 뭔가?"

"저희 부모님이 갖다 드리라고 했어유. 저희가 농사지은 걸 조금씩 챙기긴 했는데, 혹시 부족한 거 있으면 다음에 다시 더 갖다 드리겠다고 하시었구유."

"뭘 이리 많이 챙겨 보내셨네? 가면 감사하다고 전해 드리게."

"예, 알겠구만유."

"아침은 들었는가? 아니면 재순이 준비 좀 하고."

"아녀유, 고모님네서 먹고 왔구만유."

원영이 대답을 하면서 집 주변을 이리저리 살펴보는데 재순이 다가오더니 방으로 들 것을 권한다.

"누추하지만 잠시 드시지요."

"누추하긴유, 사람 사는 게 다 그렇지유. 근데 여기는 논밭은 없는가유? 주변에 보이지 않는데."

"네, 여기는 논밭도 없고 또 여기도 우리 땅도 아니어요. 피난 내려와서 있는 건데 전쟁 끝나면 땅 주인이 올지도 모르겠네요."

"아, 그래유."

"전쟁노무단에 징용 다녀오셨다고 들었는데 고생 많으셨겠어요?"

"고생은요, 뭐 남들 다 하는 건데요. 그나마 전쟁이 이리라도 끝나는가 싶어 다행이다 싶기만 하구먼유."

"네, 그렇지요."

"아, 전쟁통에 동생하고 아버지를 잃으셨다고 들었는데."

"네. 동생은 피난 오다 비행기 폭격 때문에 그리됐고 아바지는 내려오셔서 예서 조금 사시었는데 그만 작년에 그리되셨어요."

"그랬구만유. 지는 많이 배우지도 못했고, 아버지가 농사짓는 사람은 많이 배울 필요 없다고 하셔서 그리됐고, 그리고 동생들이 다섯이나 있구만유."

"네, 들었어요. 저희도 육 남매인데 제일 첫째 오라바이가 평양에서 소식이 끊겼고 셋째 동생을 잃어서 지금은 저까지 넷이네요."

"아, 그리고 저희는 할머니가 계셔유. 교회 다닌다고 들었는데 저희 할머니가 완고하셔서 어떨지 걱정되네유."

"그런 걱정 하지 않으셔도 돼요, 제가 알아서 잘할 테니."

"예, 걱정 안 해도 되겠네유. 그럼 지는 갈 길이 멀어서 그만 나서야 할 거 같어유. 조만간 다시 들러도 되겠지유?"

"먼 길 왔다 갔다 고생이 많아서 어쩌네? 조심히 가고, 가거들랑 부모님께 감사하다고 전하게."

서로 몇 마디 더 나누고는 원영이 자리를 뜨려고 하며 인사를 하니 재순 어머니가 나와 배웅을 한다.

원영이 떠나자 잠시 후 집에 다녀 간 사람을 어떻게 생각하는지 궁금해하며 고모가 샘골에 와서는 재순 어머니와 재순을 붙잡고는 이것저것 캐묻기 시작한다.

"올케 보기에 사람이 어때 보였어?"

"사람이야 뭐 괜찮아 보이기는 했는데."

"했는데? 그리고? 올케, 사람 좋으면 더 뭘 바라겠네? 어찌해도 지금 올케 맘에 드는 사람이 있을까마는 너무 깊게 생각하지 않았으면 해. 재순이 이리 생각하는 거 기특하지 않네?"

재순 고모가 돌아가고도 재순 어머니는 씁쓸해하는 기색이 역력하다.

샘골에 다녀온 원영의 집에서도 다녀온 데는 어떤지 또 만나 본 사람들은 어떤지 온통 집안이 난리다.

"그래 색시는 어떻대?"

"듣던 대로 참하게 생겼더라구유. 그리고 어머니도 잘 대해 주셨고. 근데 사는 집이 말이 아니던데, 그마저도 땅 주인이 오면 그것도 내놓아야 한다는구만유."

"왜 아니겠니? 피난 내려와서 자기 땅 자기 집이 어딨겠어. 안 보고 말만 들어도 사정이 어떨지 훤히 보인다."

"그래서 말인디유, 지가 다녀오면서 내내 생각했는데 지가 혼인을 하게 된다면 아예 집을 옮기는 게 어떨까 해서유."

"옮겨? 어디로? 옮길 집이 있는 겨?"

"집이 있긴유."

"그럼 어찌 한다는 겨?"

"지금 사는 유구는 여기서 너무 멀어서 왔다 갔다 하기도 힘들고, 더구나 식구들이 굳이 거기서 살 이유도 없는 거 같고 해서 가까운 천안으로 옮겼으면 하는 생각이네유."

"하긴 집도 절도 없는 데서 굳이 그리 먼 데서 살 필요는 없기는 하지. 근데 어떻게 한다는 겨?"

"그래서 말씀드리는데, 우리가 갖고 있는 소금쟁이 땅 다섯 마지기를 팔아서 쓰면 될 거 같긴 한데… 아버지 어머니 생각은 어떠셔유?"

"그 다섯 마지기야 네가 벌어 산 땅이니 네가 알아서 쓰면 되지, 우리한테 물을 필요가 뭐 있어."

"그래유? 어머니도 그리 생각해유?"

"나도 네 아버지하고 같지. 더구나 며느리 될 사람 친정이 그리 멀리 있으면 어디 왕래나 하겠어? 잘 생각했다."

"알았구만유."

원영에게 전해 들은 샘골 사람들에 대해서도, 그리고 아들이 생각하고 있는 집을 옮기는 것에 대해서도 원영의 부모는 내심 만족하는 분위기다.

정월이 지나자 추위는 한결 풀리고 어느새 봄기운이 완

연한 날에 원영은 또다시 소달구지에 갖은 곡식들을 갖춰 싣고는 샘골로 향한다.

"지 왔구만유."

"어서 오게, 웬일로?"

"예. 드릴 말씀이 좀 있어서유?"

"그러네? 들어가게. 그리고 뭘 또 이리 많이 보내셨네? 지난번 보내주신 것도 상기 아이 남았는데."

방으로 들어온 원영은 재순과 어머니를 아랫목에 앉게 하고는 자신이 생각하고 있는 것에 대해 말을 건넨다.

"지가 지난번에 여기 다녀가고 생각한 건데유, 여기 집을 다른 데로 옮기시는 게 어떤지유?"

"집을 옮긴다고? 어디로? 어떻게 옮긴다는 말이네?"

"지가 가지고 있는 땅이 좀 있어서 그걸 처분하면 될 거 같아유."

"아니, 우리 때문에 자네 땅을 판다는 게 말이 되겠네?"

"예, 지가 처분하려는 땅은 부모님한테 받은 게 아니고 지가 그동안 일해서 사 논 건데, 부모님께도 말씀드렸더니 지 맘대로 하라 하셨네유."

원영이 하는 말은 듣는 재순과 어머니는 어안이 벙벙한 표정이다.

"그래서 말인데유, 계속 여기서 살 이유가 없잖아유? 지가 여기 오기 전에 천안에 옮길 만한 땅을 찾아 놓고 왔구만유. 허락만 하신다면 바로 그 땅에다 사실 집을 지을려구유."

"아니, 땅을 사고 집을 짓는다는 게 한두 푼 들어가는 것도 아니고 우리가 그걸 어찌 받겠네?"

"지가 혼인하면 남이 아닌데 어머니와 가족들을 이곳에서 사시게 할 수는 없잖아유."

"그렇기는 하네만, 우리가 너무 염치가 없지 않아 그러지 않네?"

"재순 씨는 생각이 어떠유?"

"저도 뭐 어마이가 여기 사시는 것보다야 훨씬 낫지만, 그게 어마이 말씀처럼 돈이 적잖이 들어가는 일인데."

"집을 짓는 거까지 지가 알아서 할 테니, 그런 걱정을 하지 마셔유."

"그런데 저희 어마이는 같이 피난 내려온 이웃과 같이 사셔야 할 텐데, 따로 떨어져 살게 되면 어떨지 걱정되네요. 어마이, 그 생각 해 보셨어요?"

"네 말 듣고 보니 아이 되겠다. 내래 왜 그 생각을 못 했을까네."

"왜 이웃하고 떨어질 수 없는 거여유?"

"네, 황주에서부터 이웃으로 살았고 피난도 같이 와서 죽을 고비도 같이 넘기며 살았는데, 더구나 지금은 아바지도 안 계셔서 우리 집안일을 다 챙겨 주시는데 어마이가 떨어져서 못 사실 거 같아요."

"그래유, 그렇다면 그것도 걱정하지 마셔요. 그 이웃집도 자기 집 아니잖아유?"

"네, 그렇지요."

"그럼 잘됐네요. 지가 천안에 봐둔 땅에 집을 두 채 지어도 충분하니 기왕에 짓는 거 집 두 채 지으면 되지유. 그러니 이웃분께 한번 물어봐 주셔요."

"그리할 수 있겠네? 그렇다면 현택이네도 안 갈 이유가 없지 않겠네? 그럼 재신이는 얼른 가서 현택 아저씨 좀 모시고 오라."

원영의 제안을 들은 어머니가 한껏 들뜬 표정으로 말을 하고 얼마 지나지 않아 현택 아버지와 어머니가 들어오니 원영이 자리에서 일어나 엉거주춤 인사를 한다.

"아, 재순이 신랑감이네? 그래 혼인하기로 이제 결정한 거네?"

"재순이가 원하는 대로 해야 안 하겠습네. 그리고 내 현택네한테 드릴 말씀이 있어 가지고 좀 오시라 했습네."

"무슨 말씀이신지?"

"이 사람이 우리 이리 사는 거 보고 가더니, 아이 되겠다 생각했는지 오늘 와서는 집을 옮겨 주겠다 아이 합네."

"집을 옮긴다고? 여기를 떠난다면야 좋은 일 아이네? 근데 왜 우리는 보자 한 겁네?"

"그래서 말씀드리는데, 이 사람이 집 두 채를 지어서 우리네 같이 살게 해 주겠다고 합네다. 그래서 현택네 어찌 생각하시는지 듣고 싶어서리."

"우리까지? 아이다, 그리 안 해도 된다. 재순네만이라도 이곳을 벗어나서 잘살음 된다."

"지도 이웃분들이 같이 사시는 게 좋지 않겠어유. 여기 오기 전에 집 두 채 충분히 지을 만치 땅도 봐 놨고, 땅값도 또 집 지을 돈도 걱정 안 하셔도 되네유."

"그게 참말이네?"

"현택 아바이, 어째 그리하시겠습네?"

"아, 여기야 우리 땅도 아닌데 언제든 주인이 와서 나가라 하면 우리가 갈 데가 어데 있다고? 너무 잘된 일 아닙네까."

"아, 그리고 옮길 장소는 천안인데유. 시내서 아주 가까워서 역에서도 걸어 반 시간도 안 걸리는 데를 봐 놨네유."

"그러네? 그럼 아주 잘되지 않았네? 나도 역에서 기차 화물 나르는 일도 할 수 있을 테고, 시내도 가깝다니 애들 학교 다니는 것도 수월하지 않겠네."

"그렇네요, 아저씨. 우리 재봉이 재남이도 그렇겠네요."

"그럼 혼삿날은 잡은 거네?"

"아저씨, 아직이요. 아바지 상도 아직 안 끝났고 또 전쟁이 끝나지도 않았는데."

"뭐 죽은 사람 뭐라 생각해 주네?"

말을 하던 현택 아버지가 갑자기 목소리를 높이더니 모로 돌아 천장을 응시하니 순간 모두 코끝이 찡긋함에 한동안 말이 없다.

"참 나쁜 친구 같으니, 조금만 더 살았으면 새집 지어서 살 수 있는 건데."

그러면서 현택 아버지가 방 밖으로 나가니 원영이 잠시 어찌할 줄 모르고 있다가 따라 밖으로 나서면서 현택 아버지를 부른다.

"지가 집을 지을 때 같이 일해 주실 수 있남유?"

"당연하지 않네? 내 얼마든지 할 수 있으니까니 우리 같이 하자우."

"예, 알겠구만유. 그럼 지는 돌아가는 대로 땅값 치르고 다시 올 테니 그때 지랑 같이 집 지으러 가시지유."

"그래, 언제쯤 지으러 갈 생각이네?"

"다음 달부터 시작하면 올 추석 전에는 끝나지 않을까 싶네유."

"그래, 잘됐구나, 참 잘됐어. 그리 신경 써 줘서 고마우이."

집을 짓는 일은 순조롭게 진행됐다. 삼백 평 땅을 반으로 나눠 앞으로는 삼십여 평 텃밭을 두고 다시 삼십여 평은 안마당을 만들고, 집은 일곱 칸으로 짓고 뒤란을 이십여 평 만드니 풍족하지는 않지만 그래도 사는 데 아쉬움이 없을 정도로 지었다.

집을 짓는 내내 재순이 일을 거들고 또 식사 때를 챙기고 하니 일이 수월하게 돌아가고, 서먹했을 원영과 재순의 관계도 한층 거리감이 없어졌다.

당초에 예정했던 대로 추석을 보름 앞둔 구월 초하룻날 모든 집 짓는 일이 마무리되어 재순과 현택 아버지는 샘골로 원영은 아산 집으로 돌아간다.

샘골 집으로 돌아온 재순이 아버지의 일 년 첫 기일을 맞이하여 어머니를 비롯하여 동생들과 그리고 현택네 가족들까지 모두 조촐한 음식을 장만해 가지고 산등성이 아버지 산소에 올라 첫 기일 추도예배를 올린다.

추도예배를 끝내고 집으로 내려와서는 두 가족 모두가 재순네 집에 둘러앉아 준비했던 음식을 나누며 그간 천안에 새집을 짓던 이야기에 그동안의 모든 고생을 풀어 제치는데, 집 짓는 곳에 한 번도 가보지 못한 동생들뿐 아니라 어머니도 모처럼 한껏 기대에 들떠 있는 표정이다.

집을 옮기는 날은 아버지의 첫 기일이 지나고 며칠 후인 추석 한 주일 전으로 날을 잡고, 준비를 어지간히 마친 재순은 아버지한테 샘골에서의 마지막 인사를 올리기 위해 올해 햇포도 한 송이를 깨끗이 씻어 들고는 산등성이 산소에 올라 가져온 포도를 올린 후 두 눈을 살포시 감고는 기도한다.

'아바지, 천국에 가신 지 어느새 일 년이 되었지만 우리는 여전히 저희 가족과 함께하고 계시다는 생각으로 하루하루를 살고 있답니다.

세상이 아바지를 그리 일찍 가시게 만들었지만 우리 가족은 아바지의 헌신적인 사랑으로 아름다운 시절도 보낼 수 있었고, 또 전쟁으로 수차례의 죽을 고비도 넘길 수 있었다고 생각합니다. 비록 오라바이와 재춘이를 잃고 재남이가 다치는 사고가 있었지만 남은 가족이라도 안전하게 지키려고 애쓰신 아바지 기억합니다.

지금은 비록 곤궁하게 살고 있지만, 며칠 있으면 천안으로 가족 모두가 옮길 겁니다. 아직 아바지께 인사를 올리지는 못했지만, 큰딸 재순이 혼인할 사람이 있어서 그 사람 덕분에 새집을 지어 어마이와 동생들을 편히 살게 할 수 있을 거 같아 기쁘답니다.

아바지, 천국 가셔서 재환 오라바이 만나셨는지요? 재

환 오라바이 그리되고 아바지 마음에 병이 들어 일찍 하늘나라로 가신 거 저 알고 있습니다. 어마이도 아바지와 같은 병이 깊으실 텐데 남아 있는 우리 사 남매 때문에 버티고 계시는 게 매일 눈에 보여 제 가슴도 많이 아프답니다.

이제 여기를 떠나면 지금같이 자주 아바지를 찾아뵙지는 못할 겁니다. 그러나 늘 아바지는 제 가슴속에 자리 잡고 계시니 너무 서운타 생각하시지는 마셔요. 그리고 봄이 되면 주변에 진달래가 곱게 피어 아바지를 향기롭게 해 드릴 것이고 노란 꾀꼬리도 놀러 와 고운 노래를 불러 드리도록 제가 기도하겠습니다.

아바지, 다시 한번 우리 육 남매 부족하지 않게 키워주셔서 감사했습니다.

아바지, 그리고 재환 오라바이, 언젠가는 우리 모두 다시 만날 날 있겠지만 그때까지 평안하시기를 기도합니다.

아바지, 재환 오라바이 사랑합니다.'

재순이 아버지의 산소를 다녀오고 며칠 후 집을 옮기기로 한 날에 하루 앞서, 세간살이래야 몇 가지 되지도 않는 것을 정리하고 나니 왠지 마음마저 빈집과 마찬가지로 휑한 게 서늘하기까지 하여 재순이 집을 벗어나려 걷다 보니 마을 앞에 있는 마곡사에 다다라 있다. 옆에서 일 년을 넘게 살면서도 이리 가깝게 머무른 적이 없었는데 오늘은 왠지 그래야 할 거 같은 생각이다. 어느새 초가을 저녁, 해가 태화산 등성이를 넘어서니 금세 사방이 어두워지며 저녁 예불이 시작된다.

재순이 해탈문을 지나고 천왕문을 지나 산 계곡을 흐르는 마곡천을 건너는 극락교에 다다르니 지옥에서 고통받고 있는 중생들의 제도를 발원한다는 서른세 번의 범종타종 소리에 그동안 가슴 깊숙이 쌓여 있던 설움이 북받쳐 올라 그만 눈물을 주르륵 흘린다.

이윽고 범종의 타종이 끝나자 경내는 그야말로 침묵의 시간이 되고 계곡을 흐르는 물소리만이 그 침묵 한 자락을 훼방하는데, 전각 귀퉁이에 아스라이 매달려 온몸을 부딪치며 내는 풍경소리에 그만 재순이 그토록 그리워하는 한 사람이 떠오른다.

'저기 저 많은 별 중에 우리 현택 오라바이는 어디에 있을까.

오라바이, 잘 있었어?

오라바이 있는 데 춥지는 않아?

우리 예전에 살던 황주에는 봄에는 강가에 개나리가 흐드러지게 피고 온 산은 진달래가 붉게 물들이고는 했었는데. 어디 그뿐이가? 과수원마다 하얀 꽃잎의 배꽃이 그리고 연분홍 칠을 더한 사과꽃이 온 마을과 산자락을 뒤덮고는 하였지.

오라바이야, 예전 우리가 황주 강가에서 놀 때 내 혼자 미끄러져 물에 빠져 감기로 무진 고생을 하고 우리 어마이한테는 오라바이가 밀어서 빠졌다고 했다가 엄청나게 혼났던 거 기억하나?

과수원에서 같이 사과 따던 생각도 나고, 오라바이네 아저씨 다리 다쳐서 병원까지 뛰어갔던 일도 있었고, 일요일마다 예배 끝나고 황주 읍내에 돌아다니며 놀던 것도, 어느 저녁 날 심촌역까지 오랫동안 걸었던 기찻길도.

눈 내린 겨울날 찾아갔던 성불사에서 노스님이 그랬지, 사람 앞일을 누구라서 알겠냐고. 그러니 지금 앞에 있는 사람에게 최선을 다하다 보면 그것들이 엮여서 인연이 되는 것이라고. 근데 오라바이야, 우리는 최선을 다해야 하는 시간조차도 아주 조금밖에는 주어지지 않았던 거 같다. 그래서 지금 나는 오라바이랑 인연으로 엮이지 못하고 이리 혼자 있는가 보다.

오라바이야, 내 오라바이한테 너무너무 미안하다.

그때 우리 재환 오라바이 어찌 된 건지 알아봐 달라고 하지만 않았어도 오라바이 지금 거기 있지 않을 텐데, 내 너무너무 미안하다.

그래서 오라바이가 사준 그림물감 내 아직도 안 쓰고 갖고 있다. 미안해서 못 쓰고 고마워서 못 쓰고 또 앞으로도 쓰지는 못할 거 같다. 내 잘 가지고 있다가 나중에 오라바이 만날 때 나를 알아보라고 내 그거 가지고 갈라 한다.

현택 오라바이야, 내일이면 우리 여기를 떠나서 천안으로 옮긴다. 내게 좋은 사람이 생겼고 그 사람이 우리 가족 모두 편안하게 살 수 있도록 땅을 사고 집을 지어 주어서 옮기는 거다. 그리고 오라바이네도 우리와 같이 갈 거고 거기서도 같이 이웃으로 계속 살 거니까 걱정 안 해도 되니 우리 재환 오라바이하고 재미있게 잘 지내고 있어.

현택 오라바이야, 많이 보고 싶다.'

재순이 한동안 극락교 돌난간에 기대 현택과의 추억에 잠겨있을 때 마곡사 스님들은 모두 잠자리에 들었는지 인기척 소리 하나 없고 숲에서 소쩍새가 '소쩍, 소쩍적' 울어대는 소리가 마치 상념에 젖어있는 재순에게 현택의 말을 전해 주듯이 연신 '괜찮다' 하는 거 같다.

집을 옮기는 날 동이 트고 얼마 지나지 않아 산 입구에 원영이 덜커덩거리며 소달구지를 끌고 오고 있다.

"저기 원영이 오는 거 아니네?"

"네, 그러네요. 어찌 이리 일찍."

"어찌 이리 일찍 오는 거네?"

"갈 길이 먼데 서둘러야 하잖나유? 그래 어제 고모네 집에서 자고 이리 건너오는 거네유."

"저런 아침은 아직이잖네? 어여 들어가라우."

아침밥을 먹고 옮길 세간살이를 보니 지게로 져서 가도 될 만큼 몇 가지 되지 않아 원영이 의아해하며 물어본다.

"이게 가져갈 짐 다인가유?"

"네, 뭐 피난 내려올 때 거의 빈손으로 왔는걸요."

원영이 창고에서 남아있는 곡식 꾸러미를 달구지에 싣고는 이내 현택이네로 가서 옮길 짐을 들어다 싣는다.

"이제 가시지유."

짐과 함께 재남이와 재봉이를 달구지에 태우고 나니 어머니가 보이지 않아 재순이 뒤곁으로 가니 어머니가 뒤란 뜰에 앉아있는데, 그래도 피난 내려와 오갈 데 없을 때 비를 피할 수 있도록 해 주었던 집이었고 또 희미하게 남아있는 남편의 체취를 느끼고 싶어 하는지 일어날 생각을 못 한다.

"어마이, 이제 가셔야지요."

재순이 어머니에게 다가가 살포시 안으니 속으로 혼자서 그리 울고 계셨던 거였다.

"어마이, 우리 아바지 뵈러 자주 와요. 봄꽃 피면 오고…."

재순도 더 이상 말을 잇지 못하고는 등을 돌려 버린다.

한나절이 훨씬 더 걸려 천안 새집에 도착하니 모두가 눈이 휘둥그레지고 동생들은 모두 연신 이리저리 살펴보기 바쁘다.

"어마이, 세상에 안마당도 있어요."

"어마이, 이게 우리 집 맞아요?"

"어마이, 방도 두 개나 되고 마루도 있고, 여긴 창고인가 봐요."

세 동생이 집 곳곳을 신기한 듯 둘러보고는 벌린 입을 닫지 못하는데, 어머니는 천천히 집을 살펴보고는 부엌으로 들어가 부뚜막에 걸린 솥단지를 이리저리 매만지고 있다.

"어째 이리 잘 지어놨네? 정말 애 많이 썼지 않았습메?"

"부족한 거는 차차 고쳐 드릴 테니 불편하신 거는 언제든 말씀하셔유."

"이것만 해도 너무 과하지 않네? 재순아, 내 지금 꼭 황주 집에 온 거 같지 않네?"

원영의 말에 어머니는 손사래를 치며 부엌 밖의 뒤란을 둘러본다.

"어마이, 맘에는 좀 드셔요?"

"들다마다 아이네, 이리 고마워서 어찌해야 된다네?"

"황주 집만은 못해도, 어마이 이제 여기서 동생들하고 평안하게 사셨으면 좋겠어요."

"그래야 않겠네? 아, 그리고 예서 자네 집까지는 얼마나 걸리네?"

"여기서 한 시오 리쯤 되네유."

"그래? 그리 멀지는 않구나. 우리 재순이 시집가도 자주 자주 올 수 있겠구나야."

"예 어마이, 자주자주 올게요."

"돌아오는 봄에는 내 여기에다 청포도를 심어야겠구나."

재순 어머니가 우물가 공터를 둘러보더니 뜬금없이 포도나무를 심으시겠단다.

"어마이, 웬 포도나무를 심으시게요?"

"나중에 재순이 너 애들 놀러 오면 따 먹게 해 주려고 안 그러네?"

"다른 과일나무 제쳐두고 포도나무를?"

"가을 되면 제일 먼저 나오잖네. 그리고 네 아바지 가셨을 때도 나왔던 게 포도였잖네."

재순은 그런 어머니를 바라보며 '어머니는 집을 옮겨 오시면서 장차 있을 희망에 더해 아바지에 대한 기억 또한 그대로 가져오신 거였구나.' 이리 생각하니 가슴 한구석이 내려앉는다.

짧았던 봄 여름 가을 겨울

재순의 혼인

“그래, 집은 잘 옮겨 줬니? 세간살이는 당장 필요한 것만 몇 가지 준비해 준 건데 뭐 더 말씀은 없으시대?”

원영이 재순네 집을 옮겨 주고 집으로 돌아오니 어머니가 궁금해한다.

“지금까지 해 주신 것만으로도 너무 감사하다고 꼭 전해달라 하시었어유.”

“그래, 너도 그동안 집 짓고 또 옮겨 주느라 애 많이 썼다. 그래 혼삿날은 언제로 잡겠다 말씀하시대?”

“아, 그게 혼례식은 따로 하지 않았으면 하더라구유.”

"왜? 혼례비용 때문이라면 그건 신경 쓰지 않아도 된다고 말씀드리지 않고."

"그것보다는 아버지가 돌아가신 지도 얼마 안 됐는데 혼례식까지 치르는 건 좀 그렇다고."

"하긴 이제 겨우 일 년 됐으니 그렇기는 하다만. 아무튼 아버지 오시면 말씀드려 보자."

저녁이 되자 들에 다녀온 아버지와 원영 할머니가 저녁상을 받고는 낮에 원영이 천안에 다녀온 이야기와 혼례식에 대해 얘기를 나누는데, 의외로 아버지도 혼례식을 치르는 것에 연연하지 않는다.

"요즘 아무리 삼년상을 안 치른다 해도 아버지 돌아가시고 이제 막 일 년인데 혼례식은 안 하는 게 맞다. 그리고 그쪽 집도 전쟁통에 피난 내려와서 뭐 가진 게 있어 비용을 댈까? 그러니 그냥 좋은 날 하루 잡아 정한수 떠 놓고 식을 대신하면 되지 않나 싶은데, 어머니는 어떠셔유?"

원영 아버지가 혼례식은 생략하자는 의견 개진과 함께 자신의 어머니에게 의견을 묻는다.

"아, 난리도 아직 안 끝났는데 뭘. 아범이 잘 생각해서 하도록 해."

"네, 어머니. 그리할게요. 그럼 날은 언제로 잡는 게 좋을지 당신이 당집에 가서 받아 오구려."

"원래 혼사 일은 색시 집에서 잡는 건데, 아무튼 내 아버지 말씀대로 당집에 가서 날을 몇 개 받아 올 테니 원영이 너는 천안 가서 전하도록 해라."

다음 날 원영 어머니가 당집에서 받아 온 혼사 일을 가지고 원영이 천안으로 가 받은 날을 전달하고는 재순과 함께 시내 시장으로 가기를 권한다.

"시장엔 무슨 일로 가게요?"

"우리 어머니가 지난번 준비해 보낸 세간살이 중에 빠진 게 몇 개 있다고 사서 드리라 했어유."

"그리 안 해도 되어요, 이제 살면서 필요한 거 있으면 우리가 사면 되니 괜한 걱정 하지 마셔요."

"모르겠어유, 내는 어머니가 알려준 대로 준비해야 하니 어여 따라 나서유."

안 가겠는 다는 재순을 이끌고는 천안 남산시장에 들르니 재순은 새삼 예전 황주 읍내 시장에 온 기분이다.

그런 재순이 여기도 궁금해하고 또 저기도 궁금해하니, 원영이 그것들을 뒤돌아 사는 것이 어머니가 시켰다는 것은 사실이 아니고 재순이 필요로 하는 것을 사주기 위한 꿍꿍이였다.

"근데 어머니가 말씀하신 물건은 뭐예요?"

"아 그게, 그런 거 없구만유."

"네에?"

"재순 씨 필요한 게 뭔지 지는 몰라서 우리 어머니 핑계 댄 거여유."

원영의 속임수에 깜박 넘어갔다는 것을 알아챘지만 그렇다고 재순이 기분 나쁠 일은 아니었다.

"왜, 내가 뭐 사달라 하지 않을까 봐 그랬어요?"

"그게 뭐 해본 적이 없어서유."

추석 명절을 코앞에 두어서인지 시장통은 사람들로 북적이고 차례 용품부터 햇곡식까지 다양하게 있는 것이 재순이 근래에 느껴보지 못한 풍요로움을 시장에서 만끽한다.

"이제 그만 가시어요, 괜히 더 돌아다니다가는 돈만 쓰게 돼요."

집에 돌아온 재순은 어머니와 혼사 일에 대해 의논 후 택일 날을 적은 답장서를 원영에 들려주면서 택일에 대해 말해 준다.

"혼사 일은 임진년 계묘월 경오일, 즉 음력 이월 마지막 날로 정했어요. 농사를 짓는 집안이니 계절적으로 분주하지 아니하여 농사일에 피해를 주지 않고 또 날씨도 춥지도 덥지도 않은 날이라서 잡았으니 이 답장을 어른들께 드리면 되겠어요."

"잘 알았어유. 아, 그리고 내 말하지 못한 게 하나 있는데, 할머니가 계시고 완고하다 했잖아유. 아버지도 한학을 하셔서 그에 못지않으셔요. 어머니는 안 그러신데, 아무튼 알고 있으라고유."

"그 걱정을 내내 한 거예요?"

"내 자꾸 그게 맘에 걸려서유."

"걱정하는 일 없도록 잘할 테니 편하게 생각하셔요."

원영이 답장서를 들고 집에 와서 택일 이유를 설명하니 여러모로 신경 써 줘서 사돈께 감사하다 한다.

혼사 일을 이틀 앞두고는 마을 사람들에 대접할 음식을 장만하랴 바삐 장을 돌아다니는데 원영 아버지는 갑자기 사라졌다가는 집에 갈 때가 다 되어서는 돌아왔다.

"아니, 어데를 다녀와요?"

"가마꾼 좀 맞추고 오느라고. 때가 때인지라 가마꾼 찾는 게 쉽지 않았네. 그날이 좋은 날인가."

"가마꾼 쓰게요?"

"아니면 며느리를 걸어오게 해서야 되겠소."

원영 아버지는 며느리 재순이 혼사 날에 타고 올 가마꾼을 맞추러 장을 돌아다닌 모양이다.

"하기는, 아무리 혼례식을 안 한다고 새색시를 걸어오게 할 수는 없지요, 잘하셨네요."

재순은 시댁으로 떠나기 전날에 동생 재신과 재봉을 데리고 시장에 나가서는 집안 살림살이에 소소하게 필요한 물건들과 어머니와 동생들의 옷가지 등을 세세하게 장만하고는 막냇동생 재남이 좋아하는 단팥빵과 소보로빵을 사기 위해 과자점에 들어갔다. 재신과 재봉에게 먹고 싶은 것을 다 가져오라 하고는 과자점 밖에 놓여있는 테이블 의자에 앉으니 재신과 재봉이 각자 빵을 한 줌씩 가지고는 마주 앉는다.

"언니, 왜 집에 안 가고? 우리한테 할 말 있어?"

"그래, 우리 재신이랑 재봉이한테 언니가 할 말이 좀 있으니 잘 들었으면 해."

"알았어, 잘 들을 테니 말해 언니."

"이제 내일이면 내가 우리 집을 떠나야 하는 거 알고 있지? 그래서 언니가 우리 동생들한테 꼭 부탁할 말이 있어. 먼저 어마이하고 아픈 막내 재남이를 두 동생들한테 맡기고 떠나게 되어서 너무너무 미안한 마음이야."

"큰언니야, 우리 때문에 큰언니가 여기 시내에 있는 집이 아닌 시골 농사짓는 집으로 시집가는 걸로 생각하는데, 오히려 우리가 큰언니한테 미안한 거 아닌가? 그렇지 않아 작은언니?"

재봉이 자신이 생각하고 있는 것과 다르게 말하는 재순이 이해하지 못하겠다는 듯 재신에게 묻는다.

"그래, 재봉이 말이 맞다. 언니가 왜 우리한테 미안해하는데? 재봉이 말대로 우리가 언니한테 너무 미안한 거지."

"어찌 됐든 우리 집안을 지켜야 하는데 그러지 못하니 미안할 수밖에. 그리고 몇 년 지나면 너희들도 시집가고 해야 하는데 아바지도 없이 어마이 혼자 그걸 다 하셔야 한다고 생각하니 마음이 너무 무겁기도 하고."

"큰언니야, 그건 걱정하지 말라. 내는 시집 안 갈 거다."

재봉이 아주 확신에 찬 어조로 말을 하고는 다시는 그런 걱정 하지 말라는 듯 손을 휘휘 젓는다.

"재신이도 공장 다니려면 많이 힘들 게야. 그래도 어쩔 수 없으니 그것도 언니로서 미안하고."

"내한테도 미안해할 필요 없다. 나는 천안으로 와서 큰 방직 공장에 다니게 된 게 오히려 유구에서 산 넘어 다니던 때보다 훨씬 좋다."

"내가 떠나고 나면 어마이가 많이 적적해하실 거니, 동생들이 늘 어마이 심기 살펴드리고. 아무래도 내가 자주 찾아오기는 힘들지 않나 생각돼서."

"왜 자주 못 와, 큰언니? 시집가면 원래 그런 거야? 그래서 나는 시집 안 간다 하는 거야. 내 집 가고 싶은데도 못 가는 시집을 뭐 하러 가는지 모르겠어. 나는 열심히 미용 기술 배워서 돈 많이 벌고 살 거다."

"아무래도 시댁에 어른들이 계시니 자주 다니기는 어렵지 않겠어? 더구나 농사일도 있을 테고."

"그래도 언니 시댁이 여기서 그리 멀지 않다고 하니 될 수 있으면 자주 왔으면 좋겠다. 아, 고향 집에 가고 싶다."

재신이 한 말에 세 자매는 고향에 대한 그리움이 가슴속에서 북받쳐 오르는 듯 모두 의자를 박차고 일어나서는 무심하게 읍내 길을 걷는다.

집에 돌아와 식구들과 친정에서의 마지막 저녁을 먹고 난 후 재순이 늘 다니던 봉명교회로 가서 가족의 안녕을 위한 기도를 드리고 나오니, 사방이 온통 깜깜한데 한 줄기 유성우가 북쪽 하늘에서 일봉산으로 쏟아져 내려 재순이 발걸음을 옮기다 말고 넋을 놓은 채 하늘을 바라다본다.

'현택 오라바이, 내 걱정돼서 내려왔나?

전쟁 일어나기 반년 전에 오라바이와 이별을 했으니 이제 겨우 삼 년 지났는데 나는 삼십 년은 된 듯싶다.

그동안 사랑하는 사람들과의 이별이 참 힘들었는데 이제 내일이면 또다시 그런 이별을 해야 한다는 게 참 슬프다.

내 어린 시절 왜 그리도 오라바이를 좋아했는지 모르겠다, 오라바이는 그 이유를 아나?

한겨울 눈밭을 푹푹 빠지며 성불사를 갔어도 나는 좋았

다. 황주강을 건네주려 업고 가다 미끄러져 샛강 물속에 내동댕이쳐졌어도 나는 참 좋았다. 끝없이 이어지는 철길을 걷던 그날도 나는 참 좋았다.

내 방학이 기다려지는 것이 아니라 오라바이 방학이 기다려졌고 오라바이가 집에 내려오기만을 손꼽아 기다리며 그저 좋았다.

오라바이 모습만 보여도 오라바이 말소리만 들려도 그저 좋았다. 그러다 어느 날부터인지 오라바이를 보면 내 숨이 쉬어지지 않았다.

오라바이가 있어 햇살이 따스했고, 바람이 부드러웠다. 햇살이 비추는 그 따스함 속에도 부드러운 바람 속에도 늘 오라바이가 있었다.

세수를 하면 거울 속에도, 잠을 잘 때면 꿈속에도 오라바이가 있었다. 심지어 마음이 상해 울어버릴 때 그 눈물 속에도 오라바이가 있었다.

그런 오라바이를 내가 저 유성우 속으로 밀어 보냈다. 가면 못 올 거 알았을 텐데도 오라바이는 이 재순이 말을 들어주려고 갔다.

그동안 내 작은 가슴속에 너무도 커다란 오라바이가 있어 재순이는 행복했다.

현택 오라바이, 이제 안녕.'

드디어 혼사 날 아침 원영은 가벼운 발걸음으로 대문을 나서는데 마침 우경과 석인을 마주치자 머쓱해한다.

"원영이 시방 색시 데리러 가는 겨?"

"원영이는 좋겠다, 우린 언제 장가를 가 보나."

"자네들도 조만간 가게 될 거면서 샘내기는, 암튼 나는 다녀온다네."

"그려, 조심히 잘 다녀와."

천안에 도착하여 지난 장날에 맞춰 놓은 가마꾼을 데리고 재순 집에 도착하니 가족 모두가 방에 둘러앉아 기도를 드리더니 원영의 기척에 모두 일어나 반갑게 맞이한다.

원영과 재순이 정갈하게 옷을 차려입고는 어머니에게 절을 올리고 다소곳하게 앉으니 어머니가 원영의 두 손을 꽉 부여잡는다.

"여보게, 비록 혼례식은 치르지 못하지만 우리 딸 오늘 고이고이 데려가서 늘 아껴주고 살펴주게. 내 자네만 믿겠네."

"걱정하지 마셔유, 그리고 여기서 멀지 않으니 자주 찾아뵙도록 할게유."

재순이 어머니와 한참 동안 포옹한 후 현택네를 비롯한 이웃들과도 작별 인사를 나누고는 꽃가마에 살며시 들어앉으니 가마꾼들의 기합 소리와 함께 가마가 번쩍 들어 올려져 안마당을 벗어나려 할 때, 어머니가 부엌에서 무명 보자기에 싼 무언가를 가마 안의 재순에게 건네주고는 이내 가마꾼에 다가간다.

"여보게들, 오늘 수고스럽더라도 천천히 걸어서 가 주게, 우리 딸이 멀미할까 걱정된다네."

재순 어머니와 동생들은 멀어져 가는 재순의 꽃가마가 시야에서 사라질 때까지 동네 샛길에 나와 바라다보는데 어디선가 한줄기 봄 꽃향기가 날리어 온다.

재순을 태운 꽃가마가 송골을 지나고 한들마을을 지나 공수골 앞산 고개에 접어들었을 때 가마 안의 재순이 가마 창을 빼꼼히 열고는 원영을 부른다.

"저, 아직 더 가야지요?"

"십 리 정도 왔으니 이제 한 오 리만 더 가면 되는구만유. 여기 이 고갯길만 넘어가면 우리 동네여유."

"그럼 잠시 쉬었다 가시지요."

원영의 눈짓에 가마꾼들이 가마를 내려놓자 재순이 원영에게 무명 보자기에 싼 것을 내어주는데 펼쳐보니 약간의 음식과 술 한 병이었다.

"어머니가 수고하시는 분들 드시게 하라고 싸 주셨어요."

재순이 집에서 떠날 때 어머니가 급히 내어주시던 그 보자기는 큰딸의 짧지 않은 여정이 걱정되시어 준비했던 모양이다.

잠시 가마꾼들이 목을 축이는 사이 재순이 열린 가마 창으로 밖을 보니 산과 들에는 산벚꽃이 흐드러지게 피어 있어 흡사 고향마을 사과꽃 밭에 와있는 느낌이다.

비록 혼례식을 치르지는 않지만 엄연한 혼사 일 인지라 주변의 친인척과 이웃들이 원영 집에 모여 새색시가 오기만을 기다리고 있느라 시끌벅적하고, 집 안마당에는 새 멍석 위로 화조병풍이 둘러쳐 있고 소반에 정한수 하나가 다소곳이 놓여있다.

얼마나 지났을까 밖이 소란스러운가 싶더니 이내 재순을 태운 꽃가마가 집 안마당으로 들어오고, 이윽고 연분홍 치마에 노란 저고리를 입은 재순이 가마에서 내려 나오니 주변의 사람들 모두 한마디씩 한다.

"아이고, 어찌 색시가 저리 여리여리하대유."

"내 아무리 봐도 시골에서 논밭 김매면서 살 색시로는 안 보인다."

"그러게 말여유, 더구나 원영이는 이 집 장손인데 저리 여리해서 어디 애나 낳겠어유."

"예이, 이 사람아! 남의 혼삿날 그게 무슨 말 이여!"

"아니, 참하게 생기긴 했는데 어디 들에 나가 일할 사람으로는 보이지 않네유, 안 그래유?"

"그거야 살아봐야 아는 거지."

"내가 듣기로는 색시가 이북에서 피난 내려왔다 하더라고. 원래 고향이 평양 근처 황해도 황주라고 하더라고."

"에고, 그럼 전쟁 나기 전까지는 곱게 컸겠구만."

"그러게 말여유, 이놈의 전쟁이 사람 팔자를 바꿔 놓기도 하는가 보네요."

"원영이가 착하게 살아서 저리 고운 색시도 얻는 거 아니겠어유."

"맞어, 서로 인연이 될라믄 어찌한들 안 되겠는가."

마을 사람들의 웅성거림 속에 원영과 재순은 정한수를 가운데 두고 마주 서서 서로 큰절을 하는 것으로 혼례식을 대신한다.

원영과 재순은 할머니를 비롯한 아버지 어머니께 절을 올리고는 이내 마을 사람들에게 재순이 한 식구가 되었음을 알린다.

"아가, 어머니가 많이 서운해하시지? 귀한 딸 혼례식도 없이 시집 보내서 맘이 맘이 아닐 거야. 더구나 아버지도 그리되어 얼마나 속상하시겠니. 그러니 우리 어려워 말고 자주 찾아가서 뵙도록 하거라."

"네 어머니, 신경 써 주셔서 감사합니다."

"그리고 할머니가 계시니 그것만 좀 신경 쓰고, 나머지는 내가 아직 젊어 다 할 수 있으니 너는 너무 어려워도 말고. 알았지?"

"네, 어머니 말씀 잘 새기겠습니다."

"그래. 에고, 우선 우리 며느리 열심히 해 먹여야겠다. 몸이 이리 여리해서 어디 쓰겠어."

원영 어머니는 며느리인 재순의 손을 잡고는 안쓰러운 맘을 어찌할 줄 모르고 연신 잡은 손만 쓰다듬는다.

"어머니, 저희 집까지 장만해 주시고 어떻게 말씀을 드려야 할지 모르겠어요. 그리고 친정어머니께서도 너무 감사하다고 말씀하시고요."

"아니다, 그건 네 신랑이 벌어 놓은 돈으로 한 거니 우리에게 맘 쓸 필요 없다. 그리고 이제 한 가족인데 서로 돕고 살아야 않겠니? 그러니 뭐든 필요한 거 있으면 말하고 내 원영이한테도 다시 일러두마."

본격적인 농사철은 아직이어서 농사일로는 그리 분주하지 않은 시골살이지만 시할머니를 비롯하여 시동생 둘도 같이 살고 있어 매끼를 준비하고 뒷바라지하는 일이 많아 재순은 잠시도 쉴 새 없이 움직여야 했다.

"이봐유, 잠시 나랑 나갔다 와유."

"어딜 가게요? 그리고 앞으로는 저보고 이봐유 하지 마시고 여보라고 하셔요."
"그게 그리 금방 되남유."
"자꾸 하다 보면 어렵지 않게 나올 테니 그리하셔요, 알았지요?"
"알았어유."
원영이 재순을 불러내서는 소금쟁이 주막거리를 거쳐 회끝말까지 돌아보면서 자신이 짓고 있는 밭이랑 논을 재순에게 알려주는데 그보다는 종일 집에서 쉴 새 없이 종종거려야 하는 재순이 안타까워 짬을 내주려 한 모양이다.
"이제 집에 돌아가요, 어머니 혼자 저녁 준비하시겠어요."
"괜찮아유, 어머니한테 말씀드리고 나온 거유."
원영과 재순은 회끝말을 돌아 다시 주막거리에 와서는 아버지가 좋아하는 막걸리 한 통과 어머니, 할머니가 드실 만한 주전부리를 사놓고는 주막 한켠에 자릴 잡아 앉는다.
"여기서 천안까지는 시오 리가 좀 넘으니 그리 가깝지는 않아서 시내 구경을 자주 할 수 없어요. 그나마 여기 주막거리가 시내만큼은 한참 못해도 우리 마을 사람들로서는 시내나 마찬가지라서 막걸리 생각나면 여기로 오곤 해유."
"네, 그래요. 근데 뭐 시내에 자주 갈 일 있겠어요? 그런데 좀 전까지 마을을 쭈욱 돌아보았지만 여기는 과수나무

밭이 안 보이네요?"

"아, 재순 씨 고향에서는 사과 농사를 지었다 했지유?"

"네, 우리 고향은 온 마을이 사과나 배 농사를 지었어요. 원래 황주가 사과하고 배가 유명하거든요."

"그렇구만유. 근데 우리 동네는 그런 과실 농사짓는 사람이 없어유. 아마 과실 농사짓기에는 땅이 안 맞는 모양이여유. 그리고 여기는 강도 없고 큰 내도 없어서 그런지도 모르겠네유."

"아, 그렇네요. 우리 고향은 황주강이라는 큰 강이 있어서 어릴 때는 그곳에서 자주 놀기도 하고 그랬거든요."

"재순 씨 말만 들어도 고향마을이 그려지네요. 전쟁 끝나고 상황이 여의케 되면 우리 한번 다녀오지유."

"글쎄요, 다시 갈 수 있을지 모르겠네요."

"뭐 사람들 댕기는 거까지 막기야 하겠어유?"

"그리 쉽지는 않을 거예요. 그러고 보니 지금쯤이면 마을이 온통 하얀 배꽃 사과꽃으로 덮여있겠네요, 또 그 꽃향기는 얼마나 달달하게요."

"우리 재순 씨 고향 얘기하니 얼굴이 환해지네요. 우리 꼭 한번 다녀와유."

"네, 저도 다시 한번 꼭 가보고 싶네요."

잠시 후 주막 주인이 도토리묵 무침과 막걸리 한 단지

를 상에 내려놓으면서 재순을 힐끔 쳐다보며 원영에 아는 체를 한다.

"원영 총각 색시여?"

"그렇구만유. 혼인한 지 이제 보름 됐구만유."

"아고, 참 참하기도 해라. 그래 어디에서 온 색시여?"

"황해도 황주에서요."

원영 대신에 재순이 대답하고는 도토리묵 무침을 한 점 떠서는 맛을 보는데 고개를 갸웃한다.

"응, 이북에서 피난 내려온 색시구만. 근데 왜 맛이 안 맞아? 오늘 아침에 새로 만든 건데."

"아녜요, 제가 고향에서 먹었던 도토리묵 하고는 맛이 좀 달라서요."

"아, 거기는 묵을 도토리로 쑤겠지."

"아니, 그럼 여기는 도토리묵을 도토리로 안 하나요?"

"여기는 도토리 대신에 상수리로 쒀서 그려."

"상수리요?"

재순이 의아한 듯 고개를 들자 원영이 말을 이어준다.

"여기는 도토리나무보다 상수리나무가 천지로 많아유. 우리 집 앞산에 있는 나무들이 전부 상수리나무라서 가을 되면 집집마다 그걸 가마니씩 주워서 뒀다 겨울에 묵을 만들어 먹거든요."

"아, 처음 알았어요. 도토리묵을 상수리로 만든다는 걸."

"아무래도 재순 씨 고향하고는 다른 게 많을 거구만유."

"그렇겠지요. 이제 막걸리 다 드셨으면 언능 집에 가요."

저녁때가 되어가니 재순은 집에 돌아가야 한다는 생각에 주막에 한가하게 앉아있을 형편이 아니어서 집으로 가기를 재촉한다.

"애 원영 애미야! 아범 어디 있니?"

"어머니, 아범은 왜요? 들에서 아직 안 왔는데요?"

"그래? 애미 너는 알고 있었던 게야?"

"무얼요?"

"아니 새애기 야소교를 믿는 사람이라고 하는 소리가 들리는데, 너나 아범도 알고 있었던 게야?"

"아, 어머니. 새아기가 살았던 고향에서는 많이들 교회 다니고 했다네요?"

"뭬야? 암튼 아범 오는 대로 내가 보잔다 해라."

원영 할머니가 손주며느리 재순이 예수교인이라는 말을 동네 사람들한테서 들은 모양으로, 집으로 오자마자 노발대발하며 재순의 시아버지를 찾는다.

들일을 마치고 집에 들어온 원영 아버지에게 낮에 있던 일을 말해주고는 어머니께 가보라 한다.

“아범도 새애기 야소교인인 거 알고 있었던 게야?”

“예 어머니, 저도 알고 있었어유.”

“뭐라고? 서산에 있는 해미도 그렇고 내 친정인 내포도 예전에 천주교인들 집안 죄다 멸문지화 된 집이 한둘이 아니구만, 어찌 우리 집에 야소교를 믿는 사람을 들일 수가 있다는 겐가? 아니, 아범이나 어멈은 그걸 알고도 새애기를 들였단 말여?”

“예, 예수교를 믿는 사람이라 해서 뭐 다를 게 있나요. 그리고 시대가 점점 변해가고 있어요, 어머니. 저 건너에 얼마 전에 교회도 들어섰잖아요. 아직 교회 다니는 사람들이 많지는 않지만 그래도 몇몇은 된다고 들었어요.”

“야소교인들은 지들 조상 제사도 안 지낸다고 하고, 또 부모가 죽어도 곡을 하기는커녕 노래나 부르고들 한다는데 아범도 장차 그리 할 겐가? 아이고, 내 죽어서 조상들을 어찌 보겠나.”

방 밖에서 할머니와 아버지가 나누는 대화를 원영과 재순이 그리고 시어머니가 마루에 앉지도 못한 채 듣고 있는데 원영이 안절부절이다.

“할머니가 말씀하시는 서산 해미 일은 뭐고 멸문지화는 또 뭐예요?”

“그거는 예전, 그러니까 이미 팔십여 년 전에 있었던 천주교인 박해 사건인데요. 조선 시대 말기 나라가 정치적으로 혼란스러울 때 천주교인들이 희생양 되어 처형됐던 일이어요. 물론 그 사건 이후 나라에서 천주교 포교가 공식적으로 허용되었구요."

"그럼 할머니께 그리 이해시켜 드리면 되지 않겠어유?"

"할머니는 이미 칠십여 년을 그 기억으로 살아오신 분인데 말 몇 마디에 생각이 바뀌시겠어요?"

"그렇기는 하겠네유. 그렇다 해도 우리네 유교 전통과 다르게 생각하고 행동하는 교인들을 나이 드신 할머니께서 거부감없이 받아들인다는 게 아직은 쉽지는 않을 거구만유."

"네, 저도 잘 알고 있어요. 그러니 할머니가 저리 하시는 것도 이해할 수 있고요."

옆에 듣고만 있는 원영 어머니는 아무 말 없이 방 안의 분위기에만 온통 신경을 쓰고 있다.

"아범 말은 듣기 싫고, 새애기 교회 나가는 거 당장 못하게 하고 교회 다닐 때 가지고 다니는 거 책 있잖여, 그거 다 태우도록 해."

"어머니, 교회 나가는 거야 하지 말라고 하면 되지 성경책은 왜 불태우라고 하셔요. 그건 새아기가 보게 두셔요."

"아니, 아범이 안 하겠다면 내가 할 테니 그리 알든지."

할머니가 자신의 말이 받아들여지지 않자 직접 하겠다

는 듯 방문을 박차고 나오자 마루에 있던 세 사람이 놀라 자빠진다.

"어디 있냐, 그것들?"

"어머니, 고정하셔요."

"내가 시방 고정하게 생겼냐? 집안이 풍비박산 날 수도 있는데."

안방 마루에서 건넌방으로 급히 건너가려다 할머니가 댓돌에 발을 헛디뎌 넘어지고 만다.

"어머니! 할머니!"

모여있던 식구 모두가 놀라 할머니를 부축해 일으키지만 할머니는 제대로 서지 못하면서도 건넌방으로 건너가려는 자세를 취한다.

"어머니, 제가 할 테니 그만 방으로 들어가셔요. 이러시다 정말 큰일 나겠어요."

"내 눈으로 태우는 거 볼 때까지 내 예서 꼼짝 않으마."

시아버지도 어쩔 도리가 없는지 아들 원영에게 턱을 들어 내오라 하는데 원영 역시 재순의 눈치가 보여 이러지도 저러지도 못하고 엉거주춤하자 재순이 고개를 끄덕여 준다.

할머니는 재순의 성경책과 찬송가 책이 아궁이에 들어가는 것을 보고는 방으로 들어가 눕는다.

재순이 다친 할머니의 병구완을 지극정성으로 하는 가운데 계절은 흘러 어느새 한 해를 넘기고, 여름이 본격적으로 시작되기 전 첫아들을 출산하였다.

“어머니, 새아기가 다행히 아들을 순산했네요.”

“그래, 아들이가? 아이고 잘됐다, 내 이제 조상님 뵐 면목이 생겼구나. 대문 밖에 금줄 단단히 쳐서 잡귀들 접근 못 하도록 해야 한다.”

몇 년 동안 이어졌던 전쟁으로 무수히 많은 사람이 죽고 다치고 또 농토는 상처를 입은 채 휴전으로 어정쩡하게 마무리된 시점에 재순이 아들을 낳은 것이다.

모처럼 집안에 경사가 생기니 재순의 시어머니도 그간 새로운 식구인 며느리와 자신의 시어머니 사이에서 맘 졸이며 지냈던 날들이 꽤나 힘들게 지내왔는지 재순의 아이를 받고 나와서는 긴 숨을 내쉰다.

삼칠일이 지나자 원영은 기다렸다는 듯이 천안의 처가로 달려가 재순의 출산 소식을 알리니 장모와 처제들이 뛸 듯이 기뻐한다.

한편 천안 장에 다녀온 원영의 아버지가 무명 보자기에 싼 꾸러미 하나를 원영의 어머니에 건네주는데, 꾸러미 안에는 또다시 작은 꾸러미 두 개가 들어있다.

“이게 뭐래유?”

"새아기 애썼는데 좀 챙겨 먹이고 그 작은 꾸러미 하나는 새아기한테 주면 알 거여."

안에 감싸진 게 뭔지는 모르지만 원영 어머니는 작은 꾸러미 하나를 들고 며느리 방으로 들어가 건네준다.

"이게 뭐예요, 어머니?"

"글쎄 나도 모르겠다. 니 시아버지가 주시드라. 너 주면 알 거라 하면서."

재순이 받아서 보자기를 풀어보니 작은 꾸러미 속에 있는 것은 성경책과 찬송가 책이었다.

"그게 뭐라니?"

"어머니, 저 이제 교회 나가도 뭐라 하시지 않는 거예요?"

재순의 얼굴이 함박웃음을 지으며 일어나서는 시어머니에게 감사하다고 허리를 굽힌다.

"얘야, 나는 모르는 일이다. 니 시아버지가 한 일 아니니."

재순이 몸을 추스르고 얼마 지나고부터 교회에 다시 나가도 시할머니도 시아버지도 아무 말이 없었다.

시댁 마을의 변고

재순이 첫째를 낳은 후 이삼 년 터울로 딸 둘에 막내로 아들 하나를 더 얻으니 19세 재순은 어느새 사 남매의 엄마가 되었다.

그동안 시동생 넷의 혼사와 시할머니의 장사를 치렀고 여느 시골 아낙으로서의 날들을 보내고 있는데 마을에 일련의 변고가 생기기 시작한다.

"무슨 일 있는가? 못 보던 사람들이 잔뜩 왔네."

"글쎄, 나도 못 보던 사람들이네."

못자리를 낼 참으로 이른 아침을 먹고 집 밖으로 나온 석인이는 마침 마당에서 마주친 우경에게 웬 동네에 장정들 여럿이 소달구지를 끌고 앞산으로 오르는 사람들을 보며 의아해하면서 묻지만, 우경 역시도 무슨 영문인가 싶어 한다.

때마침 소 꼴을 한 바지게 베어 가지고 오는 원영에게 둘의 시선이 옮겨가면서 누구라도 할 새 없이 동시에 같은 말이 나간다.

"새벽에 나가 소 꼴 베어 오는 겨?"

"그려, 오늘 우리도 회끝말에 있는 스무 마지기 논 못자리 낼라믄 소들 일찍 멕여야 해서."

둘의 아침 인사 물음에 지게 바지게의 꼴을 냅다 마당 한켠에 부리고는 빈 지게를 작대기에 기대어 세워 놓고는 바지 아랫단을 춥춥 털어 낸다.

"자네는 저기 올라가는 사람들 뭔 사람들인지 아는가?"

석인이 혹여 원영은 아는가 해서 물어본다.

"저 사람들?"

"아침에 지게 지고 나서는 길에 왕씨네 아저씨 만났는데 나보고 오늘 하루 품 팔 수 있냐고 묻길래 왜 그러시냐고 했더니, 앞산에 있는 큰 참나무 몇 그루를 베어 팔기로 했는데 뒷정리해 줄 사람이 필요하다고 하더라고."

"그 사람들인가 보구먼."

이어진 원영의 말에

"그려? 아니 뭔 돈 쓸 일이 있다고 나무를 몇 그루나 베어 팔라 하지?"

옆의 우경이 고개를 가로 꼬으면서 혼자 말처럼 낸다.

"아침에 왕씨 아저씨 말로는 올해 시제에 쓸 제사 비용 마련해야 한다고 그러더라고."

원영은 별 대수롭지 않은 듯 베어온 소 꼴을 한 아름 안고는 외양간 소에게로 가면서 자신이 전해 들은 말을 건넨다.

"아니 시제를 뭘 얼마나 빽적하게 지내려고 나무를 베어 판단가?"

석인과 우경이도 고개만 모로 꼬으며 자신들의 집으로 돌아가려 할 때, 소에게 꼴을 가져다주고 나오는 원영이가 툭 하니 한마디 덧붙인다.

"근데 저어기 산자락 밑 큰 참나무 있잖여? 그것도 베어 판다는 거 같더라고."

원영의 덧붙임 말에 둘은 화들짝 놀라는 표정을 지으며

"뭐라고? 저 당산나무도 벤다고?"

"아니, 왕씨 아저씨 노망났나?"

"저 당산나무를 베믄 어떡하자는 건데?"

둘은 집으로 가던 발걸음을 되돌리면서 이게 뭔 일인가 싶은 표정을 지으면서 놀라는 모습으로 한마디씩 한다.

"뭐 어쩌겠어? 앞산이 왕씨네 종중산인데. 자기네 산에 있는 나무 자기들이 판다는데."

원영의 심드렁한 말에

"그건 아니지, 아무리 종중산이라 해도 저기 큰 나무는 우리 마을 당산나무인데."

"그럼, 그건 안 될 일이지. 그러고 저 큰 당산나무는 불당골에 있는 당산나무와 부부목이라 했어. 불당골에 있는 나무가 숫나무이고 우리 마을 저 나무가 암나무라서 가을에 상수리가 그리 많이 열리는 거라고 어른들한테 들었거든."

"생각해 보니 그러네. 불당골에도 큰 당산나무가 있는 걸 전에 갔을 때 본 적 있네."

"그렇다니까, 우리 이러고 있을 때가 아닌 거 같네. 다들 집으로 가서 아버지, 할아버지한테 말씀드려야겠어."

"그리하세. 저 사람들 저 산배미 위로 올라가는 거 보니 위에 있는 큰 나무 먼저 베고 내려와서 당산나무 벨 거 같으니 어서 가서 얘기들 해보게."

셋은 당산나무가 베어진다고 생각하니 무엇인지 모를 불안한 마음에 집의 어른들께 말을 하려고 각자의 집으로 바삐 걸음을 옮긴다.

"태영이 아버지하고 정환이 아버지, 뭔 일 있대요?

재순이 밖에서 있었던 세 사람의 모습을 내내 지켜보다가 급히 집으로 들어오는 남편 원영을 향해 무슨 일인가 싶어 묻는다.

"아 글쎄, 아니다. 아버지 어디 계시나유?"

원영은 처 재순에게 말을 하려다 말고 급히 자기 아버지를 찾는다.

"아버님은 조반 전에 소금쟁이 논 둘러보고 오신다고 나가셨는데, 오실 때 돼가요. 무슨 일이기에 말을 하다 말고 아버님을 찾는지…."

재순은 더 이상 물어봐야 말을 하지도 않을 것 같으니 부엌으로 들어가 차리던 아침 밥상을 마저 내려고 들어가며 시어머니와 마주친다.

"아버지는 왜 찾는다니?"

"모르겠어요. 말하려다 말고 아버님만 찾기에 곧 오실

거라 했어요."

"그래? 아버지 오실 때 돼간다. 아침상 들이자."

재순과 시어머니가 아침상을 차려 안방 마루에 놓기 마침 아버지가 들어오는 모습을 보고는 재순이 안마당에서 혼자 놀고 있는 막내아들을 불러 뒤란에 있는 아버지에게 아침 드시라고 해라 한다.

뒤란 창고에서 못자리에 쓸 써레를 꺼내오는 원영에게 막내아들이 다가가 엄마에게 들은 말을 전한다.

"아버지, 할아버지 오셨다고 아침 드시래요."

"그래, 할아버지 오셨어?"

하면서 들고 있던 써레를 내려놓고는 막내아들 손을 잡고 안방 마루로 향한다.

"나 찾았다고? 왜?"

원영이 아버지가 밥숟을 뜨다 말고 마루로 걸어오는 아들을 보고 묻는다.

"아버지도 왕씨네 종중산에 있는 큰 참나무 베어 판다는 말 들으셨어유?"

"참나무를 베 판다고? 아니, 나는 들은 거 없는데. 왜, 뭔 일 있는 겨?"

"소 꼴 베러 나가는데 왕씨네 아저씨가 저보고 오늘 품 팔 수 있냐길래 오늘 우리 못자리해서 안 된다 했거든유."

"근데?"

"꼴 베서 오니 석인이하고 우경이가 그러더라고유."

"뭐라고?"

"동네에 모르는 장정들 여럿이 소달구지 끌고 산으로 올라갔다고. 근데 제가 왕씨네 아저씨에게 듣기에는 앞 종중산에 있는 참나무 중 큰 것 몇 개 베어 판다고 했는데, 요기 산자락 밑에 있는 큰 참나무 있잖아요? 그것도 베 판다고 하더라구유."

밥술을 몇 술 뜨면서 아들의 말을 듣고 있다가는 갑자기 들고 있던 숟가락을 집어 던지듯 밥상에 내려놓고는,

"왕씨 노인네 망령 났나 보다. 저 윗배미 산 참나무야 베 팔든 말든, 근데 뭐? 저 밑에 큰 나무도 베 판다고?"

"예, 저 큰 나무는 우리 마을 당산나무인데."

원영의 말에

"마을 당산나무는 저 건너 은행나무가 아닌가요?"

하고 재순이 말하니,

"그건 저 건넛마을 당산나무고, 여기 우리 마을은 저 큰 참나무가 마을 당산나무나 마찬가지지."

하고 원영이가 말해 준다.

"그렇지 않나요? 아버지?"

원영의 물음에 밥숟가락을 놓은 원영 아버지가 벌떡 일

어난다.

"왜? 밥 들다 말고 일나요?"

원영 어머니가 놀라 물으니

"지금 밥이 대수간?"

하며 마루를 박차고 나가는 아버지의 뒤에 대고 원영이가 소리친다.

"어데 가시게유?"

"어데긴, 왕씨네 가서 따져 봐야지."

"아버지 혼자 가시게 되면 괜히 싸움 나니 동네 어른들하고 같이 가셔유. 그리고 석인이하고 우경이도 집에 가서 말한다 했으니 그럼 어른들 나오실 거고, 그러니 아침마저 드시고 가셔유."

라고 말해도 들은 척 만 척 대문 밖으로 나가 버린다.

"뭔 일이래니? 아무리 자기네 종중 재산이라 해도 마을 당산나무로 여기고 사는 사람들이 얼마인데, 사람들한테 말도 없이 왕씨 자기 맘대로 저 큰 나무를 베 판다고 하냐?"

원영 어머니가 며느리 재순에게 뭔 일이 일어났다고 하는 듯한 표정으로 동치미 무 한 조각을 베어 문다.

"어머니, 근데 저 큰 나무에 가서 빌고 하는 것은 미신 아닌가요?"

라고 며느리가 말하자

"그렇지 않지. 동네 사람들 뭔 일이 생기면 저기 가서 많이들 빌잖니? 나도 그렇고, 미신이 다 나쁜 건 아니잖니, 그리고 엊그제도 순영 엄마하고 아버지가 나무 밑에 있는 걸 봤는데."

"아, 그 집이야 원래 그런 거 많이 믿잖아요? 거기 아니라도 집에서 굿도 많이 하고 하는데요."

"어디 그 집뿐이냐? 동네 사람들 죄다 때 되면 가서 빌고 기도하고 그러는데, 너야 예수교를 믿으니 그걸 미신이라고 하겠지만 사람들은 다들 그렇게 하잖니?"

"그렇기는 한데요."

며느리의 마뜩잖은 말을 들으면서

"그나저나 오늘 회끝말 논 못자리 낸다고 했는데, 네 시아버지나 애비나 저리 나갔으니 원."

어머니가 밥상을 물리면서 사뭇 못마땅한 표정으로 며느리를 바라보며 걱정을 한다.

"자네도 얘기 들었구먼?"

"그려, 좀 전에 태영 애비가 들어오면서 당산나무 벤다고 말하더만, 왕씨 성님 뭔 생각인 겨?"

원영 아버지가 왕씨네 집으로 가는 길목에서 석인 아버지를 마주치자 아들들이 전해 준 말에 놀라워하며 왕씨네 집으로 향한다.

"왕씨 성님 망령 들었나?"

"뭘, 어제까지 멀쩡하던 양반인데."

"아니 그렇지 않고서야 멀쩡한 당산나무를 벤다는 게 말이 되냐구?"

"태영 애비 말로는 뭔 올 시제 제사 비용 마련할라고 베 판다 하던데."

"시제 제사는 무슨, 뭔 딴 꿍꿍이가 있겠지."

"뭔 다른 꿍꿍이?"

"안 그럼 매년 잘 지내온 시제를 올해 갑자기 비용 들여 제를 지낸다는 게 말이 되냐고?"

"들리는 말이 둘째 아들 집 지어 준다는 거 같드만."

"에이 참나무 몇 개 베 판다고 집 지을 돈이 되남?"

"아니, 그 집을 앞 산자락 언저리에 지을 거라 했던 거 같았어. 얼마 전에 웬 사람이 왔다 갔다 하더라고."

"그려? 근데 꼭 당산나무 자리에다 지을 거 있나?"

"모르겠어. 지난번 왔던 사람들이 지관들 같기도 하더만."

"지관? 왜 그 묫자리 보는 지관?"

"그려, 집 지을 때도 풍수 보는 사람들 있잖여. 그때 왠지 꺼림칙하더만."

둘이 분기탱천, 왕씨네 집으로 향하던 그때 골목 끝에서 우경이 아버지가 지팡이에 몸을 의지하며 걸어오고 있다.
"진지 잡셨수?"
둘의 인사에
"밥은 무슨, 마을에 변고가 생기게 생겼는데 밥이 들어가겠나?"
"우경이한테 말씀 들으셨나 보네요."
"그려, 내 아침 몇 술 뜨는데 정환 애비 들어오면서 얘기하드만, 그게 참말인 겨?"
"그래서 뭔 일인지 자초지종 따져볼 양으로 나왔구만유."
"그려, 어여 가보세."
우경이 아버지는 우경이가 여섯 형제 막내여서 나이가 둘보다 한참이나 많아, 왕씨 아저씨와 형님 아우 하는 사이다.
"성님 있슈?"
원영이가 왕씨 집 대문을 열어주자 우경 아버지가 대문 문지방을 넘어서며 안채에 대고 소리친다.
"이른 시각에 자네들이 우리 집엔 웬일인 겨?"
왕씨 며느리가 아침상을 사랑채에 내려놓기 마침, 왕씨가 안마당으로 들어오는 무리를 보고 놀라는 표정이다.
"글찮아도 어여 아침 먹고 산에 올라가 보려던 참인데, 아침들은 들었는가? 아니, 그보다 뭔 일들인 겨?"
이른 시각에 자신의 집으로 찾아온 세 사람을 마주하고

는 어정쩡한 인사와 표정을 짓는다.

"아니 성님, 저기 산자락 당산 참나무 베 판다는 거 참 말이유?"

"으음, 그 일로들 왔구먼."

"아니, 아저씨. 그 일이라니요? 그것이 예삿일 이유?"

"그러니께유, 그것이 사실인지 아저씨한테 확인하러 온 거구만유."

누구라도 할 거 없이 세 사람이 번갈아 가며 왕 씨에게 자초지종을 확인하려 드는데, 왕 씨는 받아놓은 아침상을 옆으로 밀쳐놓고는 툇마루로 나와 선다.

"그려, 내 올 시제에 쓸 요량으로 종중산에 있는 큰 참나무 여러 개 판다고 했고, 오늘 아마 일꾼들이 올 거네."

놀라서 찾아온 세 사람은 아랑곳없이 뭔 대수롭지 않은 일 가지고 그러느냐는 듯한 표정이다.

"이미 장정들 여럿이 와서 산배미 위로 올라들 가는 거 보고 오는 건데유. 산배미 참나무야 뭐 벤다고 뭐라 할 거 없는데, 아랫자락 당산 참나무는 베면 안 되지유."

"그럼유, 그 나무는 우리 마을 당산나무 아닌감유?"

원영 아버지와 석인 아버지가 번갈아 가며 왕 씨에게 따지듯 물어댄다.

"여보게, 그 나무가 마을 당산나무는 아니잖나? 마을 당산나무는 논배미 건너 큰 은행나무가 당산나무지, 다들 게서 제도 지내고 굿도 하고 또 단옷날 놀이도 하지 않나? 그리고 우리 종중산에 있는 나무들이야 또 우리 왕씨 종중 재산이고, 더구나 지난번 종친회에서도 그리하기로 했는데 자네들이 된다 안 된다 하는 것은 아니지 않나?"

왕 씨가 나이는 들었어도 건장한 체구에서 나오는 말 한마디 한마디가 힘이 들어있다.

"성님! 저 건넛마을과 우리 마을은 논배미 두고 떨어져 있잖수? 더구나 우리 마을 사람 대다수가 저 건넛마을보다는 산 아래 큰 참나무를 당산나무로 여기고 살고 있는데 성님도 잘 알지 않수? 더구나 그 나무는 불당골 당산나무와 부부목이라 해서 어느 하나가 죽으면 마을에 변고가 생긴다 듣지 않았수?"

지팡이에 의지했던 몸을 툇마루에 걸터앉으면서 우경 아버지가 말을 거든다.

"그거야 누가 지어낸 말이지, 그걸 믿는가? 아무튼 오늘 일꾼들도 불렀겠다, 이미 정해 준 대로 일들을 할 것이네."

"아이고 성님, 그게 어찌 지어낸 말이것슈. 나도 성님도 어렸을 적부터 듣고 살아오지 않았남유? 참말로 그 참나무를 베내고 마을에 변고가 생기면 그땐 성님 어쩔라구유?"

"에이, 이 사람아. 나무 몇 개 벤다고 마을에 변고가 생기면 대체 그간 해온 벌목은 어찌 된 건가?"

"성님, 그거야 경우가 다르지유. 지금 우린 아랫자락 큰 참나무 베는 거 땜시 그런 거지유."

"어찌 됐든 이미 종친회에서도 다 얘기가 된 거고, 더구나 그 나무 앞에 우리 작은아들 집 지을 거라네. 그러니 어쩌겠나? 그 나무가 집을 지으면 앞을 다 가리게 되는데, 자네들 같으면 그냥 두겠는가?"

"아이고 아저씨, 집을 왜 꼭 거기에 짓는대유? 산자락이 거기만 있는 것도 아니고유?"

세 사람이 아무리 얘기해 봐야 왕 씨는 요지부동이다.

"지난번 집터 잡는 지관이 두루 다 살펴보고 정해 줬다네, 그곳으로. 그래서 올 시제에 쓸 제사 비용도 비용이지만 작은아들 집을 짓기 때문이라도 베야 한다네."

"성님, 앞으로 마을에 변고 생기면 다 성님 때문이니께 그런 줄 아슈. 여보게들 이만 가세."

왕씨네를 찾아 큰 참나무를 베지 못하게 하겠다던 세 사람은 별 소득이 없이 집 밖으로 물러나온다.

"아저씨, 정말 마을에 변고가 생기면 어떡한대유?"

"별수 있겠나, 땅 주인이 저리 고집 피우니."

더 이상 얘기해 봐야 왕 씨의 결정이 바뀔 것 같지 않자, 마을에 전해 내려오는 말이 실제 일어날지에 대해 걱정스러워하며 왕씨 집 대문을 나서는데 산배미 위에서 나무 찍는 도끼질 소리가 들린다.

"아니 저기 애 안고 뛰어오는 게 성천이 아닌감?"

"그러게유, 뭔 일 생겼는가?"

세 사람이 왕씨 집에서 나와 윗 마당으로 발길을 돌리는 순간, 아래 골목에서 성천이 아이를 안고 뛰어오는데 그 뒤를 성천 처가 따라 뛰어오는 게 보인다.

"아저씨! 아저씨!"

성천이 숨을 할딱거리며 뛰어오는데 품에 막내아들 승배를 안고 있다.

"뭔 일인가?"

"아저씨, 우리 승배가 달구지에 깔렸어유, 좀 봐주셔유."

"뭐라고? 얼른 우리 집으로 데리고 가게."

우경의 아버지는 침을 잘 놓기로 유명하여 마을 사람들이 다치거나 아프면 늘 우경 아버지를 찾아가고는 했다.

"어디 보자, 어쩌다 그랬는가?"

"달구지 가는데 애들이 뒤를 따라갔었나 봐유. 근데 가다가 소가 뒷걸음치면서 뒤따르던 우리 애가 달구지에 깔렸다 했어유."

"저런 큰일 날 뻔했구만, 근데 너무 걱정하지 않아도 되겠어."

우경 아버지는 승배의 맥을 짚어보고 이리저리 살펴보더니 침통의 침 하나를 꺼내 혈 자리를 찾아 침을 놓으면서 성천을 안심시킨다.

“어디 망가진 거 아닌감유?”

“다행히도 크게 다치지는 않은 것 같네. 달구지에 부딪혀 밀려 넘어지며 놀란 듯싶네.”

“아저씨, 아유, 감사해유.”

승배 어머니도 연신 고맙다는 인사를 한다.

이를 밖에서 지켜보고 있던 석인 아버지와 원영 아버지는 좀 전 왕씨네에서 하고 나왔던 말이 떠올라 머리털이 쭈뼛 곤두섬을 느낀다.

“여보게, 그 말이 사실인 거 같지 않은가?”

“그러게 말이여. 나무를 베내면 마을에 변고가 생긴다 하더니, 젤 먼저 왕씨네 자손부터 변고가 생긴 거 아닌감?”

“그러게. 멀쩡한 애가 달구지에 깔리다니 아무래도 불길한 생각이 자꾸 들지 않는가?”

“우리가 너무 그리 생각하는지도 모르지. 어쨌든 저만하니 천만다행이구만.”

결국 산자락 밑 큰 참나무는 베어지고 말았고 얼마 지나지 않아 왕 씨 말대로 그곳 가까운 곳에는 왕씨 작은아들네 집을 짓느라 분주한데, 새로이 짓는 집은 마을의 여타 초가집들과는 다르게 오지기와를 얹는 그야말로 볼품있는 집이었고 한창 기와를 올리는 작업을 하고 있다.

"여보게, 거 흙 좀 빨리 올리게."

통나무 골조가 완성된 집에 오지기와를 얹는 작업은 꽤 어려운 작업으로 보인다. 마당에서 두 사람이 마대를 양 끝으로 잡고 개어진 진흙을 한 덩이씩 담아 냅다 올려주면 지붕 위에 있는 사람이 받아 올리고는 하는데, 흙덩이를 받는 사람의 자세가 엉거주춤한 채 올리는 사람들을 재촉한다.

"어이쿠!"

순간 지붕 위에서 재촉하던 성천이 중심을 잃고 그만 땅바닥으로 떨어지고 만다.

"여보게, 성천이!"

아래에서 흙덩이를 개어 던져 올려주던 우경과 성만은 땅바닥에 철퍼덕 엎어져 있는 성천을 흙 담아 올리던 마대에 싣고는 부리나케 우경 아버지에게 향한다.

"어쩌다 이리된 건가?"

"기와 올리는 작업하다 지붕에서 떨어졌어요."

우경 아버지의 치료에 성천의 의식은 돌아왔지만, 몸을 전혀 움직이지를 못한다.

"야야, 억지로 움직일라 하지 마라. 말은 할 수 있겠나?"

"물 좀 주게, 아악!"

우경이 물 한 사발을 떠다 주자 이를 받아먹으려던 성천이 몸을 움직이려다 말고 비명을 지른다.

"아무래도 천안 병원에 데려가야 될 거 같네."

우경 아버지가 고개를 모로 저으면서 자신은 더 이상 할 수 있는 게 없음을 알린다.

천안 병원에서 진료를 받은 결과 성천은 허리를 크게 다쳐 더 이상 자신의 의사대로 움직일 수 없는 몸이 되고 말았다. 이에 마을 사람들은 누구나 할 것 없이 참나무 변고라고 말하기 시작한다.

성천이 다치는 일이 발생한 지 석 달이 안 되어 이번에는 성천의 사촌인 성만이 자리에 눕는 일이 발생했고, 이어 육촌 성일과 성백 그리고 성태까지 모두 병이 나서 자리보전을 하는 일이 생기자 마을 사람들은 동네에 참나무 귀신이 들어 마을이 망조에 들었다 하여 마을굿을 하기로 한다.

부부목인 당산 참나무를 베내면 과부와 홀아비가 난다는 말이 사실로 다가오자 마을 사람들 모두 생활에 불안을 갖게 되어 마을굿과는 별개로 집집마다 무당을 불러 굿을 하느라 밤마다 동네는 온통 굿 소리에 조용할 날이 없다.

"여보, 벌써 마을 어르신 초상을 두 번이나 치렀고 또 장정 다섯이 병나고 사고 나서 누워 있으니 걱정이네요."

"왜 아니요, 왕씨 아저씨 그리 고집 피우더니 결국 이리 사단을 만들어 놓았으니, 조만간 마을굿을 한다니 좀 나아지지 않겠소."

"무당 불러 굿을 한다고 그런 일이 안 생길까요?"

"이미 베어버린 나무 다시 살릴 수도 없고, 그리라도 해서 나아진다면 해야 되지 않겠소."

"당신도 일할 때 조심하셔요."

원영이 지게를 챙겨지고 소 꼴을 베러 나가는데 재순이가 다가오더니 하루도 조용한 날이 없는 마을의 변고를 걱정하며 원영에게 조심히 다녀오라 당부한다.

"우경이 자네 집도 어제 굿하는 거 같드만."

"아버지가 하도 하자 하셔서 하긴 했다만, 뭔 소용이 있을라고."

원영이 집을 나서자 우경이 골목에서 나오는 걸 보고는 같이 소 꼴을 베러 가면서 근래에 마을에서 일어나는 사건들에 대해서 걱정을 나눈다.

"지금까지 왕씨들 집안사람들만 변고가 생기는 게 참말로 참나무 변고라는 게 있기는 있는 모양이네그려."

"앞날을 어찌 알겠는가, 우리 집안도 무슨 일이 일어날지 몰라 어머니고 아버지고 매일같이 걱정이라서 굿이라도 해야겠다는데 하지 말라고 할 수도 없고."

"그래 어젯밤에는 별일 있었다는 말 들은 거 없나?"

"우리야 굿하느라 시끄럽고 정신없어서, 자네는 들은 거 있나?"

"나도 들은 건 없는데, 저기 오는 거 석인이 아닌가?"

"그러네. 석인이 자네 어데 가는가?"

"고개 넘어 고추밭에 좀 가려고. 근데 성만이가 오늘 넘기기 어렵다고 한다네."

"그에 그리되는 겨? 에휴."

앞산으로 접어들려 할 때 석인을 만난 원영은 마을 사람들 인사가 '밤새 안녕'이라는 말이 실감 나는 현실이 되고 석인이 전하는 소식을 듣자 긴 한숨을 쉰다.

"어찌해야 이 사단이 끝날 수 있을까?"

"마을에 죽을 사람 다 죽어야 끝나지 않겠나 싶다."

"근데 이상하게도 그 고집부려 사단 일으킨 왕씨 아저씨는 아직도 멀쩡하게 사시는 것 보면 그것도 참 이상하지 않는가?"

"본인만 멀쩡히 살아있음 뭐 하나? 자식들이고 조카들이고 죄다 병들어 죽어 나가는데, 오래 살아서 그 꼴 보라는 거 아니겠나."

소 꼴을 베러 간다던 원영과 우경도 고추밭에 간다던 석인도 일손이 잡히지 않는 듯 지고 있던 지게를 내려놓고는 바닥에 주저앉아 버린다.

"왜들 일 안 가고 주저앉는 겨?"

"어디 일이 손에 잡혀야지, 원."

"나도 그러네. 이제는 예전에 생각도 안 하던 걱정이 앞선다네."

"뭔 걱정을?"

"풀 벨 땐 뱀에 물리지 않을까, 밭 갈 때는 쟁기에 채이지나 않을까, 뭘 할 때마다 불길한 생각이 자꾸 드니 일을 할 수가 없다네."

"왜 안 그렇겠나? 나도 그렇다네."

"보게. 일 년도 안 돼서 마을 어르신 둘이 돌아가시고 또 장정 다섯이 사고가 나고 병이 난 데다, 성만이 성천이는 오늘내일한다니, 원."

"나도 어제는 지붕 올리러 이엉 들고 올라가는데 갑자기 섬뜩한 기운이 들더라고."

"누구 할 것 없이 죄다들 그러니, 마을 꼴 참 잘돼 간다."

"자, 일어들 나게."

"어딜 가게?"

"어디긴. 이 기분으로 뭔 일 하겠나? 괜히 사고나 나지.

우리 주막거리 가서 막걸리나 마시고 오세."

원영은 우경 그리고 석인과 함께 결국 하려던 일을 그만두고 맥없는 발걸음으로 주막거리로 향한다.

시동생들

직산으로 출가한 첫째 시누이가 집에 찾아와서는 재순의 시부모 앞에서 펑펑 울어댄다.

"원순이 무슨 일 있어서 왔다고 해유?"

밖에 나갔다 들어온 원영이 첫째 여동생이 친정에 와서 울고불고하는 것에 의아해하며 재순에게 물으니, 재순도 영문을 모르기는 마찬가지다.

"저도 모르겠어요. 큰고모가 오자마자 방에 들어가더니 저리 울고 있네요."

뭔가 일이 생길 것만 같은 느낌이 드는 재순이지만 그렇다고 시부모님이 계신데 앞에 나설 수도 없고 해서 막내를 데리고 원영과 함께 집 밖으로 나온다.

"무슨 일로 저런다지? 첫째가 저리 하는 게 영 맘이 안 좋네."

"그러게요, 큰고모야 워낙 진중한 사람인데. 집안에 무슨 일이 생기지 않았고서야 저러겠어요."

재순도 원영도 무거운 마음으로 마을 길만 걷는다.

마을을 두어 바퀴 걸은 후 집에 들어가니 시누이가 조금은 진정이 되었는지 마루에 나와 시어머니와 이야기를 나누고 시아버지는 헛기침을 한번 하고는 집 밖으로 나간다.

"새언니, 소란 피워 미안해요."

"아니에요, 고모. 무슨 일인지 모르지만 속상한 일 있으면 언제든지 집으로 오세요."

시누이가 돌아가고 나서 원영과 재순이 어머니에게 동생이 다녀간 이유를 물으니 남편과 문제가 있어 왔었다 하는데, 원래 첫째 여동생의 남편은 전쟁에서 한쪽 다리를 잃는 부상을 입은 상이용사로 일상생활이 용이치 않았고, 더구나 요즘은 자신을 비관하여 매일같이 술로 지내는 일이 많아지며 자연스레 집안 농사일도 등한시하고 더구나 동생에게 행패를 부리는 등 그리 못되게 한다는 것이다.

이를 견디다 못한 동생이 친정에 부모를 찾아와 하소연하고 간 것인데 단지 하소연만 하고 간 것이 아니었다.

"그 매제가 몸은 그래도 혼인할 때는 참 점잖은 사람이었는데 어쩌다 그리되었을까."

원영이 안타까움을 나타내자 어머니가 한숨을 푹 쉰다.

"왜 어머니, 그거 말고 또 뭔 일 있대유?"

"좀 있다 아버지한테 들으면 알겠지만, 애들 애비가 그나마 있는 농사치 다 팔아먹고 이제는 자식들하고 먹고사는 걱정까지 해야 되는 지경이 되었다 하는구나."

"아니 어찌 그리 사람이, 그럼 가지고 있던 논밭 다 팔아먹고 없다는 거유?"

"그렇다는데. 그래서 아버지한테 땅 몇 마지기만 팔아 달라고 하더라."

"네에?"

재순과 원영 놀라며 둘의 얼굴을 마주 쳐다본다.

"그래, 아버지는 뭐라 하셨는데유?"

"뭐라긴. 지들 시집 장가갈 때 각자 다 정한 만큼 해 주었는데 뭘 더 해 주냐고 하시면서, 지금 남아있는 건 오래비 몫이니 안 된다고 하시더라."

재순은 혼란스러워지기 시작한다. 남아있는 땅이 아무리 큰아들의 몫이라고는 하나 지금은 엄연히 부모의 재산이고 소유자 역시 아버지로 되어 있으니 아들네의 의견을 듣지 않고서도 얼마든지 처분할 수 있는 것이고, 자신들은 그것이 된다 안 된다 할 수도 없는 입장이라 퍽 난감해진 것이다.

"당신은 어찌 생각해요?"

"글세, 내 생각이 뭐 중요하겠나 싶은데유. 아버지가 어떤 생각을 하고 계시냐가 중요하지."

"그래도 당신의 생각을 아버님한테 말씀드려야 되지 않겠어요?"

"만약 이번에 땅을 팔아 보태준다 해서 이번 한 번으로 그치겠냐는 거지유. 앞으로 안 그럴 거면 원래 가지고 있던 논밭도 그리 팔아먹고 없애진 않았을 건데, 그렇다고 또 나 몰라라 한다면 동생이 자식들하고 먹고살 걱정을 해야 한다니. 더구나 그 매제는 더 행패를 부릴 게 뻔하고."

"저도 생각은 당신하고 같은데요."

"안 되겠어. 어머니, 제가 내일 직산에 다녀올게유."

"직산엘 왜?"

"가서 매제를 잡아놓고 다신 안 그런다는 약조를 받든지 아니면 어디 요절을 내든지 해야지유."

"여보, 당신이 괜히 고모네 일에 나서서 일이 더 커지면 어쩌려구요. 그 순한 고모도 어찌할 방법이 없으니 여기 와서 하소연한 거일 텐데."

"더 커지든 나아지든 뭔 양당 간에 결판을 내야지 원."

잘못하다가는 자신들 몫 챙기려는 욕심 때문에 형제간 어려운 일에 모른 척한다고 비추어질 수도 있는 일이고, 그렇다고 순순히 들어주면 앞으로 여러 동생이 일이 생길 때마다 와서 비슷한 요구를 할 터인데 이번 한 번으로 끝난다면야 얼마든지 좋게 생각하련만 앞날을 생각하니 답이 나오지를 않는다.

저녁때가 지나서야 재순의 시아버지가 술이 거나하게 취한 상태로 집에 들어오며 원영과 재순을 안방으로 들어오라 한다.

"당신이 애들한테 이미 얘기 다 해 줬을 테니 내가 더 얘기 안 해도 될 거고, 애들 어여 들어오라고 해요."

"원순이 땜시 주막거리 다녀오신 겨? 내 영감 말대로 애들한테 얘기해 줬어요."

"그래, 원영이나 며느리는 뭐라 하는데?"

"뭐라 하긴요. 지들도 답답해하지요."

"내 이놈의 자식을 그냥."

"누구 말여요? 원영이? 아니, 그 애들 보고 왜요?"

"아니, 사위라는 놈 말여. 혼인할 때 그리 보태주었으면 몸이 좀 불편해도 처자식하고 잘 살 방도를 찾아야지 뭔 못된 짓만 한다니 내 그냥 둘 수가 없단 말이지."

"그렇지 않아도 낮에 원영이도 내일 직산 가서 지 매제 잡아놓고 결판내고 오겠다고 합디다."

원영과 재순이 방으로 들어오니 시아버지의 술 냄새가 방안에 퍼져있고 얼굴은 잔뜩 성이 나 있다.

"낮에 어머니한테 얘기 들었다지. 그래, 니들은 어찌 생각하는 겨?"

"지가 내일 직산 찾아가서 매제 잡아놓고 자초지종 알아본 다음에 올라구유."

"가 본들 원순이 말대로 아니겠니? 지도 얼마나 답답하면 여기까지 왔을까 싶다."

"아버님, 제가 말씀 올려도 될까요?"

"그래, 니 생각을 말해 봐라."

"지금 우리가 가지고 있는 논하고 밭 대부분은 아버님 어머님 것이어요. 물론 저희 장남 몫으로 남겨 놓으셨다고 하지만 그걸 어찌 처분하실지는 두 분께서 정하면 그뿐이라고 생각합니다. 그런데 아버님께서도 말씀하셨다시피 이미 애들 큰고모 혼례 때 그 집안 사정 감안해서 다른 동생들보다 넉넉하게 보태주셨는데 지금 와서 다 탕진했다고 하는 거 보면, 또 보태 준다 해서 다시 안 그런다는 생각 안 됩니다. 왜냐면 사람은 쉽게 내게 들어온 것에 대해서는 어렵게 생각하지 않기 때문에 한 번 그리 일을 저지른 사람은 또다시 그럴 수밖에 없을 거라 생각합니다. 해서 저희는 지난번과 똑같이 논밭을 팔아서 돈으로 주거나 또 땅을 사주기보다는 고모네가 사는 지역에 저희가 땅을 사서 가지고 고모네한테 농사지으며 살라 하면 좋지 않을까 생각합니다."

"그럼 니 말은 우리가 땅을 사서 빌려주자는 것 아니니? 팔아먹지 못하게?"

“네, 바로 그리하지 않으면 또 고모부는 쉽게 팔아 없앨 거예요.”

“그래 듣고 보니 애미 말이 일리가 있다. 하지만 그곳에 땅을 사려면 어짜피 여기에 있는 땅을 팔아야 하는데 그건 괜찮겠니?”

“땅 명의를 아버님이나 애들 아범 명의로 해서 사면 괜찮습니다.”

우선 재순의 의견대로 하기로 하고 시아버지는 원영을 데리고 직산으로 가서 딸과 사위로부터 그간의 자초지종을 들으니, 이미 딸의 혼사 때 보내줬던 땅은 모두 팔아 날리고 겨우 원래 있던 논 몇 마지기만 가지고 있을 뿐이다.

한편 원영과 시아버지가 직산으로 떠나고 얼마 되지 않아 재순의 막내아들이 불덩이같이 열이 오르고 온몸에 반점이 생겨 시어머니에 보이니 바로 홍역 같아 보인다고 하자, 재순은 막내를 둘러업고는 천안 병원으로 내달린다.

시어머니의 말처럼 막내는 홍역으로 진단되었는데, 증세가 너무 심하게 오는 바람에 병원에 입원을 시켜놓고 있으니 원영이 직산에서 집으로 돌아와 소식을 듣자 바로 천안 병원으로 내달려 왔다.

그날 저녁에 재순은 병원과 가까운 곳에 있는 친정집에 원영을 보내어 소식을 알리고 그곳에서 쉬도록 한다.

며칠이 지나자 몸에 오른 발진은 좀 가라앉았는데 막내의 몸이 흑갈색으로 바뀐 채 계속 힘들어하니, 놀란 재순이 병원에 찾아온 어머니에게 울며불며 안절부절못한다.

"어마이, 우리 막내 왜 이리 안 낫고 저래요?"

"열도 조금 내리고 발진도 좀 가라앉았다 하니 좀 기다리면 좋아지지 않겠네?"

"어마이, 우리 막내 잘못되면 저 못 살아요, 아시지요?"

"야야, 네가 애미 앞에서 못 하는 말이 없기는. 좀 기다려 보라."

"저 우리 막내 빨리 낫게 해달라고 매일매일 기도드리고 있는데 왜 아직도 저러는지 모르겠어요."

"홍역을 좀 되게 치르는 거 아니겠네. 나도 밤낮으로 기도드리고 있으니 하나님이 살펴 주실 게다. 그러니 너무 걱정하지 말거래."

다행히 막내는 며칠을 더 병원에서 치료받은 후 상태가 나아져서 재순이 막내를 업고는 친정집으로 향한다.

"어마이, 우리 막내 왔어요."

"어데, 이제 괜찮네?"

"네, 많이 좋아졌다고 이제 집에 가라 해서 이리 왔어요."

"잘했다, 아이고 하나님이 살펴 주셨구나야."

막내아들 병원 치료 때문에 재순이 천안에 계속 머무르게 되자 집에서는 원영을 시켜서 재순을 친정에서 며칠 머물다 오라는 전갈을 보냈기에 재순은 모처럼 편안한 마음으로 천안 친정에 머무르게 된다.

"어마이, 재신이는 잘살고 있대요? 통 만날 수가 없으니. 그리고 재봉이는 아직도 부산에서 일한대요?"

"재신이야 뭐 사는데 뭔 걱정 있겠니? 재봉이는 미용기술 배워서리 아예 부산에 눌러살 모양 아니네."

"시집은 안 간대요?"

"안 간다 하는데 모르겠다. 갸는 누굴 닮아 그러는지."

그때 이웃 현택 아버지가 들어오며 재순을 보자 반가운 기색을 보인다.

"재순이 아니네?"

"아저씨, 아니 이제는 선화 할아버지라고 불러야 되겠네요, 현숙이도 잘살고 있지요?"

"그래, 재순이 니도 별일 없이 잘살고 있는 게지?"

"네, 요새 며칠 동안 우리 막내가 아파서 병원 왔다가 온 거입네다."

현택 아버지도 이제 손주가 커가는 만큼 얼굴에 나이가 들어 보이기 시작한다.

계절이 바뀌고 추석 명절이 돌아오자 서울에 사는 시동생 내외가 손에 꾸러미를 잔뜩 들고 내려왔다.

"서방님 오십니까, 동서도 오느라 고생 많았네."

"형님도 잘 계셨지요?"

동서지간 짧은 인사를 나누고는 시동생 내외는 방에 계신 시아버지에게 갔는데 뭔지 긴한 이야기를 주고받는 듯 분위기가 조용하다.

"작은 애 왔니?"

"네, 어머니. 방금 아버님 뵈러 방으로 들어갔네요."

부엌 밖 뒤란에서 차례 음식에 쓸 두부를 부치시던 시어머니가 작은아들 인기척을 느끼고는 나와서 방으로 들어가시고도 한참 동안 누구도 밖으로 나오지를 않는다.

"원춘네 온 거유?"

"네, 좀 전에 아버님께 인사드리러 방으로 들어갔어요."

"근데 왜 이리 조용하대유?"

"뭐 긴히 드릴 말씀이 있는가 봐요. 어머님도 들어가시더니 안 나오시고."

한참 만에 시어머니와 동서가 나와서는 부엌으로 들어와 하다 만 전을 부치느라 분주하다.

여느 명절과 다르지 않게 별다른 일 없이 지나고 동서네도 서울로 다시 올라가고 난 후 시아버지가 원영과 재순을 방으로 들어오라 한다.

"하실 말씀이 있어유?"

"원춘이가 이번에 내려와서 땅 얘기를 하더구나."

"땅이요? 어떤 땅 말씀이유?"

"원춘이 말로는 무슨 동대문 시장에 좋은 가게 자리가 나왔는데 그것만 잡으면 많은 돈 버는 건 어렵지 않다고 하면서, 지금 우리가 가지고 있는 땅을 팔아 달라고 하더라."

"네에?"

말을 듣자마자 원영은 놀라고 재순은 결국 올 게 왔다는 생각에 맘이 착잡해져 온다.

"우리가 가진 땅이라야 지난번 원순네 때문에 일부 팔고 해서 이제 논 열일곱 마지기에 밭 이천 평밖에 없는데. 그래, 아버지는 뭐라 하셨어유?"

"일단은 안 된다고 말해 주긴 했는데 생각은 해 볼 일이지 않나 싶다."

"아버님, 제가 말씀 올리겠습니다."

재순이 뭔가 단단히 마음먹은 듯 단호하게 말하겠다 하니 시아버지와 시어머니는 그러라 한다.

"아버님 어머님, 지난번 애들 큰고모네 때도 조금 말씀드렸지만 지금 우리가 농사짓고 있는 논밭은 대부분 아버님과 어머님이 평생 피땀 흘려가며 일궈 놓은 것이지 저희들이 힘을 보탠 건 얼마 되지 않아요. 그러니 그 땅을 어찌 처분하시든지 저희가 나서서 말씀드릴 처지도 아니구요. 그런데 아버님 이미 시동생들 혼례 올릴 때 넉넉히는 아니지만 나름대로 아버님 어머님이 일궈 놓으신 거 조금씩이나마 모두 나눠 주었어요. 그리고 지금 남아있는 것은 저희 애들 가르치고 먹이고 살라고 남겨주신 거고요. 물론 저희가 장남이라고 다른 형제들보다 조금은 넉넉하게 남겨주신 거 감사하게 생각합니다. 하지만 다른 형제들은 아범이 땀 흘려가며 농사지을 때 다들 서울이고 천안이고 도시로 나가서 자기들 위해서 돈 벌어 모으고 했어요. 더구나 서울 작은 서방님네는 서울 올라갈 때 이미 아버님 어머님이 서방님 몫으로 정해진 땅 열 마지기를 팔아서 주었고요. 그럼 부모님께 받은 것하고 서방님이 수년간 벌은 것이면 서울에서 집 사고 가게 사고 다 할 수 있었어요. 그런데도 지금 와서 받은 것까지 다 쓰고 또다시 부모님께 손 벌리는 것은 너무 잘못된 것이라 생각됩니다. 그리고 지금 가지고 있는 땅을 팔아서 가져가면 아범은 뭘 하고 살지요? 지금껏 논농사 밭농사밖에는 하지를 않았는데, 서울 서방님은 농사를 지었던 사람도 아니고 젊어서부터 서울에 올라가서 살았으면 자신의 힘으로 살아야지요. 더구나 부모님으로부터 열 마지기가 넘는 땅을 받아 갔는데, 그걸 서방님이 팔아가면 우리 애들은 어찌 키우나요?"

재순이 말을 하면서 감정이 북받치는지 눈물을 쏟는다.

"너네한테는 원춘이가 그 가게로 돈 벌어서 보내준다 하더라."

"아버님! 서방님이 하고자 하는 가게가 잘될 거라 생각하세요? 저도 서방님이 잘되었으면 좋겠어요. 하지만 앞으로 잘될 일이었다면 십수 년이 지난 지금 와서 조카들 공부하고 먹는 거까지 뺏어가겠다 하면 안 되지 않나요? 아버님 지난번에도 말씀드렸다시피 쉽게 얻은 재물은 쉽게 쓰기 마련이에요. 절대 귀하게 쓰지 못해요. 아범이야 워낙 형제들 우애를 중시하는 사람이고 또 자신이 맏이다 보니 동생들 애처로워하는 거 못 보는 사람인 거 아시잖아요. 이번에 아버님 어머님이 어떻게 결정하시든 저희는 따를 수밖에 없지만, 저희 애들 조금만치라도 다치게 하면 저 가만히 보고만 있지는 않을 겁니다. 죄송합니다."

재순이 결국은 말을 다 마치지 못하고 얼굴을 감싸 쥐고 밖으로 나가자 방안은 누구도 말없이 조용한데 시아버지만 연신 헛기침을 한다.

재순의 서울 시동생이 던진 돌에 조용했던 집안에 평지풍파가 일어날 뻔했으나 재순의 완강한 대응에 시동생 땅 문제는 일시 사그라들었지만 언제든 또다시 일어날 수 있는 일이었다.

추석 명절이 지나고 얼마 되지 않아 맏아들의 중학교 진학 시험이 치러졌다. 재순의 친정어머니는 맏아들이 재순의 친정 바로 인근 거리에 있는 계성중학교로의 지원을 바랬고, 그 바램대로 진학 시험을 치르기 위해 맏아들을 학교 시험장에 들여보내고는 재순은 친정집으로 향했다.

"어서 오라. 그래 시험공부는 많이 한 거네?"

"실수하지 않고 공부한 대로만 시험을 치르면 잘되지 않을까 싶기는 한데… 모르겠어요."

"야야, 걱정하지 말거래. 다 하나님이 도와주실 거 아니네."

"어쨌든 잘하고 오라하고 들여보내고 오긴 했는데, 어마이가 기도 많이 하셨다니 좋은 일 있지 않겠어요."

"시댁에는 다들 무탈하신 게니?"

"네. 다들 잘 계시기는 한데."

"그래, 뭔 일이 있는 거네?"

"신경 쓰이는 일이 좀 생겼어요."

"뭐네?"

"지난 추석 명절 때 서울에 사는 시동생이 내려와서는 동대문 시장에 가게 하나 내게 지금 우리가 가지고 있는 땅을 팔아 달라고 하고 올라갔어요."

"기래서?"

"지금 농사짓고 있는 땅은 우리 식구들 생계를 꾸려가는 재산인데 그걸 팔아가도록 제가 가만히 있을 수 없잖아요."

"기렇지, 어데 그런 썩을 종자가 다 있다네? 그 땅을 팔아버리면 지 형과 조카들은 뭐 먹고 살라고."

"자기네가 가게 해서 돈 벌면 생활비 대주겠다고 시부모님께 그리 말씀드렸더라고요."

"어데 말 같지도 않은 소릴, 집어치우라고 해라."

"저도 이번에 단단히 아니 될 일이라고 말씀드리긴 했지만, 그 시동생이 또 그러지 않을까 신경이 쓰이네요."

"잘했다, 네 시부모님한테 단단히 일러두라."

"그래야지요. 형제들마다 자기들 몫 마련해서 시집 장가 다 보내 줬는데도 지금도 무슨 일만 생기면 부모님한테 와서 땅 팔아 달라 하니 막는 것도 힘드네요."

"다음에 또 그리하면 시부모 다 모시고 가라 하고 너희도 천안으로 나와 버려라."

"천안 와서 애들 아범 뭐 하고 살게요?"

"뭐 하고 살 게 없겠네?

"우리 맏이 지금이면 한창 시험 치르고 있겠네요."

"야야, 걱정하지 마라. 내 우리 맏손주 학교 끝나면 매일 밥해 먹일 생각 하믄 자다가도 웃음이 난다 아이네."

"우리 맏이 밥 챙겨 주실라고 계성중학교로 오라 하신 거예요?"

"왜 아니겠네? 매일같이 너 사는 소식도 들을 수 있고 좋지 않겠네."

어머니는 시집가서도 이제 십여 년이 더 흐른 시간에도 맏딸의 소식이 항상 궁금하셨던 게다. 재순은 그동안 자주 찾아뵙지 못해 송구한 마음이 가슴에 뭉개진다.

모두의 바램대로 맏아들은 무사히 지원했던 중학교에 합격하여 입학을 앞두고 있는 가운데, 다시 해가 바뀌어 설 명절이 돌아왔다.

"여보, 이번 설에도 서울 서방님 내려와서 또 땅 팔아달라 하면 어찌한대요?"

"지난번 아버지께 그리 단호하게 말씀드렸는데 받아 주시지 않겠지."

"그리 쉽게 포기하겠어요? 에효, 벌써부터 걱정이네요."

"너무 미리부터 걱정하지 맙시다. 요즘 당신 부쩍 안색도 안 좋아 보이는데 그러다 큰 병 나겠어."

재순이 우려했던 일이 결국은 또 일어나고야 만다. 하긴 한두 번 해 보고 그만둘 거였다면 처음부터 시작도 안 했을 터. 이번 설 명절에도 서울 시동생은 내려오자마자 땅 애기부터 꺼낸다.

"작은애야, 이게 다 뭐냐?"

"어머님 아버님, 겨울철에 기력 떨어지시는데 저희들이 많이 챙겨드리지도 못해서요. 아범이 내려올 때 미리 준비해 둔 거니 잘 챙겨 드셔요. 그리고 이거는 어머님 춥지 않게 지내시라고 제가 직접 골라 사 온 거니 잘 입고 다니셔요."

누가 봐도 눈에 뻔히 보이는 짓이지만 시부모님은 그런 시동생네의 호의가 싫지는 않으신 모양이다.

"원춘아, 네 형하고 형수도 니네들 도와주자는 거는 싫다 하지 않는단다. 그러나 형도 앞으로 살아갈 방도는 있어야 하는 것이니 서로 우애 상하지 않게 했으면 좋겠다."

"그럼요, 어머니. 저희가 왜 형님네 어렵게 살게 하겠어요? 저희들이 돈 많이 벌게 되면 형님네도 편히 조카들 공부 가르치고 살 수 있도록 하고 싶은 건데요."

굳이 들어보지 않아도 방안에서는 뭐 대략 이런 식의 대화가 이루어지는 듯싶다.

설 차례가 끝나고 식구들이 둘러앉아 명절날 아침을 먹는 중에 재순의 시아버지가 작은아들이 꺼낸 땅 이야기를 꺼내며 이번에는 결론을 내겠다는 듯 어른들만 남겨 놓고 아이들은 밖으로 나가도록 한다.

"이미 지난번 추석 명절 때도 원춘이가 말을 했다만, 매번 명절 때마다 이 문제로 집안이 서먹해지고 하니 이번에는 어떤 식으로든 결정을 지어야겠다. 그러니 작은 애 네가 먼저 뭣을 어찌하겠다는 건지 자세히 말해 보거라."

"예, 아버지. 전에도 말씀드렸다시피 저희는 형님네를 어렵게 만들겠다는 게 아니고 도와주겠다는 겁니다. 이제 아버지도 연세가 들어가시고 또 형님도 매년 소득이 뻔한 논농사만 힘들게 하지 마시고, 다른 사람들처럼 밭에 특수작물도 하시고 하면 논농사하는 것보다 소득이 훨씬 많을 겁니다. 저희는 가게 안 해도 그만인데요, 아버지나 형님이 시대가 바뀌는데도 그저 힘만 들고 소득도 적은 논농사만 고집하고 있으니 안타까워서 드리는 말씀이여요."

"특수작물이라는 게 대체 뭘 말하는 게냐? 그거는 논이 없어도 되는 것인 게냐?"

작은아들의 감언에 순간 혹해버린 시아버지가 관심을 기울이자 이번에는 아주 작심을 하고 말을 하기 시작한다.

"아버지, 요즘 세상이 얼마나 많이 바뀌고 있는데요. 여기 우리 고향만 아직도 옛날하고 똑같이 살고 있지, 바깥에 나가보면 세상이 천지개벽하고 있다고요. 말씀드렸다시피 농사도 이제는 논농사는 하지 않고 밭농사를 주로 하는데, 밭농사도 지금처럼 맨날 보리나 심고 아니면 밀이나 고구마 감자나 심던 것에서 새로운 작물들을 재배해서 얼마나 많은 소득을 올리는데요."

"그렇다면 논은 굳이 필요 없겠구나?"

"그렇지요. 아버지, 다른 데 가보면 벌써들 논을 메꿔서 밭을 만들어 쓰기도 하는걸요. 저희가 자꾸 말씀드리니까 꼭 땅 팔아다 가게 사고 장사하고 싶어 안달이 난 것처럼 보이는데요, 말씀드렸다시피 저희 가게 없어도 먹고 살아요. 그런데 어차피 밭농사로 바꾸면 굳이 논은 가지고 있을 필요가 없으니 그냥 남겨두느니 그걸로 저희가 가게를 사서 장사하면 또 거기서 많은 이문이 남을 테고, 그러면 그걸 형님네 드리겠다는 거구요. 그리고 때마침 동대문 시장에 누구도 탐내는 좋은 가게가 나왔는데 놓치기 아깝기도 하고요."

시동생의 말을 조용히 듣고 있던 재순이 시아버지에게 자신이 이제 말을 해도 되겠냐고 말하고는 시동생을 향해 자세를 고쳐 앉는다.

"서방님 말씀마따나 전쟁 이후 세상이 변하고 있듯이 농사도 예전 논농사에서 밭농사로 바뀌어 가고 있는 것도 일부 맞는 말이기는 한데요. 밭농사, 그중 특수작물 농사라 하는 것이 생각대로 소출이 일정하게 나오는 것도 아니고 해마다 그 성패가 다르게 나오기 때문에 매우 불안정한 상태에서 농사를 지어야 하는 것입니다. 그래서 논농사가 힘이 들고 소출이 적더라도 매년 일정하기 때문에 집안의 살림을 안정되게 살려면 반드시 논농사는 필요한 것이구요. 거기다가 특수작물이라는 게 기존의 밭작물 농사지을 때보다 훨씬 품도 더 필요한 거고 또 시설 자금도 적잖이 필요한 것인데 땅을 팔더라도 그 자금으로 사용을 해야지 그게 그냥 남아도는 게 아니란 말씀입니다."

"아니, 그 특수작물이란 게 그냥 지금같이 씨뿌리고 거두고 하는 게 아니란 말이여?"

"그럼요, 아버님. 그 농사를 하려면 시설 초기자금도 많이 필요한 것이고 또 소출에 따른 이익을 얻으려면 한 해 농사만 지어서는 되지도 않을뿐더러 농사짓는 내내 한두 명의 품으로는 어림도 없이 많은 돈이 들어가는 농사입니다. 만약에 서방님 말씀대로 그리 농사한다면 그 자금은 누가 어떻게 대지요? 더구나 그 농사는 매년 소출을 장담할 수도 없어서 농사가 좋지 않던지 판로가 확보되지 않으면 그땐 어찌하지요?"

"형수님은 왜 안 되는 쪽으로만 생각하세요?"

"서방님 매사를 어찌 잘될 때만 생각하며 살 수 있나요? 부모님 모시고 또 애들 먹이고 가르치고 하는데 그리 확실하지도 않은 것에 식구 모두를 걸어야 하겠어요? 그리고 서방님도 잘 아시다시피 형님은 지금껏 논농사 밭농사만 지어오신 분이어요. 갑자기 그리한다고 할 수 있는 게 아니란 말씀입니다."

"형수님, 제가 이 말씀은 드리지 않을라고 했는데, 형수님 시집오실 때 논 다섯 마지기 팔아서 친정에 집 지어드리고 했잖아요."

"작은애야 그건 니 형이 벌어서 사 놓은 소금쟁이에 있는 논 다섯 마지기를 팔아 그리 한 거지, 우리가 보태준 거 아니다."

작은아들이 감정 섞인 말을 내뱉자 조용히 듣고 있던 시어머니가 참견을 한다.

"서방님, 말씀 잘하셨어요. 저도 사는 내내 그게 제일 아버님 어머님께 감사하고 또 형님한테도 미안하게 생각하고 있는데요, 방금 어머님이 말씀하셨다시피 그때 판 땅은 부모님 재산이 아니고 형님이 힘들게 일해서 사 놓은 거라고 알고 있어요. 그리고 형님이 그리 고생하고 땅 사 놓을 때 서방님도 서울에 올라가셔서 돈 벌으셨잖아요. 더구나 서방님 혼례 치를 때 서방님 몫으로 아버님이 땅 열 마지기나 팔아서 보태 드렸구요. 형님이 집에 농사지으면서 땅 다섯 마지기 장만할 때 서방님도 그 기간 동안 돈 버셨고 그러면 서울에서 집 사고 가게 사고 해도 충분하지 않았나요?"

"그건 그렇다 치고, 그럼 직산 누나네도 땅 팔아서 주었다고 알고 있는데."

"작은애야, 그럼 니 누나하고 자식들 굶어 죽게 생겼는데 나 뭐야 옳겠니? 그것도 니 형 몫으로 가지고 있던 거 팔아서 해 준 거다."

작은아들의 말이 끝나기도 전에 듣고 있던 시어머니가 화가 치민 듯 날카롭게 쏘아붙인다.

"서방님, 부모님은 우리가 앞으로도 계속 모실 거고 그리고 우리 애들은 우리가 잘 키울 테니까요. 서방님네만 서울에서 잘 사시면 돼요."

"뭐 해, 안 일어나고!"

작은아들이 자신의 뜻이 관철되지 않자 벌떡 일어서며 옆에 앉아있던 처에게 신경질을 부린다.

"왜, 벌써 가게?"

"가야지요, 더 말해 봐야 답도 안 나오는 걸 뭐 하러 앉아있어요."

퉁명스럽게 답을 하고는 방문을 열고 나가니 시어머니가 급히 쫓아 나가면서 작은아들을 달래 보려 하지만, 들은 체도 안 하고 마당을 벗어나니 작은 체구의 처가 급히 그 뒤를 쫓는다.

"아이고 애미야, 너 아니었으면 엄한 땅 다 팔아먹을 뻔했다. 내 작은애 흑심을 진작에 알아봤어야 했는데. 애미야, 미안하다."

"아네요, 어머니. 저희가 좀 더 넓은 마음이어야 했는데 서방님 마음을 상하게 해서 어머님께 죄송하네요. 으윽!"

후다닥 가버리는 시동생네를 마당 끝까지 쫓아 나와 시어머니와 가는 시동생네를 바라보던 재순이 순간 뒷목을 잡고 주저앉는다.

"왜 그러냐, 애미야."

"어머니, 잠깐만요."

재순이 여전히 뒷목을 부여잡고는 앉은 자리에서 일어나지를 못하자 시어머니가 크게 놀라 어찌할 바를 모른다.

"얘, 방에 들어가 좀 누워라. 몸도 약한 게 명절 쉰다고 고생해서 그러나."

그러고는 재순을 부축하여 방에 들여 뉘인다.

"애미야, 땅 문제로 너무 신경 쓰지 마라. 내 살아있는 동안에는 걔들이 절대 못 팔아먹게 할 테니. 에휴, 쯔쯔."

"어머니, 고맙습니다. 그리고 저 내일 아침에 교회 가서 예배드리고 오면 괜찮을 테니 너무 걱정하지 마셔요."

"날도 찬데 이 몸으로 교회를 어찌 다녀온다고? 그냥 내일은 집에서 쉬지 않고."

"내일 아침이면 괜찮아질 거여요. 그리고 상 치워야 하는데 저 좀 일어날게요."

"얘가 무슨 소리를 한다니? 그건 내가 알아서 할 테니 너는 따뜻한 데서 좀 더 누워있어라."

재순이 부엌일 하러 나오겠다는 것을 말리고 방을 나온 시어머니가 부엌에 들어가니, 손녀 둘이 방에 있던 상을 내어와서는 열심히 설거지를 하고 있다.

"아이고, 우리 강아지들 뭐 하는 겨?"

"할머니, 우리 엄마 많이 아파요?"

"아니다, 좀 쉬면 괜찮아질 게야."

"작은아버지가 우리 엄마한테 못되게 했어요?"

"그런 거 아니다, 명절 쇠느라 힘에 부쳐서 그런 거니 너무 걱정 안 해도 된다. 이제 정순이 동생 데리고 나가서 놀거라. 이거는 할머니가 할 테니."

"할머니, 엄마도 못 나오시는데 우리가 더 도와 드릴게요."

"우리 강아지들, 괜찮다. 이제 할머니가 해도 된다."

재순의 딸들이 방안에서 어른들이 나누는 대화를 들었던 모양으로 작은아버지와의 문제로 인해 힘들어하는 엄마가 안쓰러워 보였는지 누가 시키지도 않았는데 부엌일을 하고 있다.

저녁이 되어 재순의 몸 상태가 아침보다는 호전이 되었다지만 여전히 어지럼증이 완전히 가시지는 않아 식구들과의 저녁 식사를 마치고는 일찍 방에 들어가 눕는다.

한편 시어머니는 작은아들네가 자신들이 뜻한 바대로

되지 않자 횡하니 돌아가 버린 것이 내내 마음이 걸리는지 마루에 앉아있으려니, 재순의 막내아들이 와서는 할머니의 무릎을 괴어 베고는 눕는다.

"우리 강아지, 엄마한테 가지 않고?"

"할머니, 작은아버지하고 고모들은 왜 맨날 우리 엄마 아프게 해?"

막냇손자의 뜻밖의 말에 재순의 시어머니는 누워있는 손자의 가슴을 토닥이며 멍하니 깜깜한 하늘을 올려다본다.

저무는 해

"정순 엄마! 정순 엄마!"

"아니, 얘가 왜 이런다니, 애미야! 애미야!"

원영과 시어머니가 애타게 외쳐 보지만 방안에 뉘어 있는 재순은 아무런 의식이 없다.

"아이고, 아이고, 아이고오오…."

"아이고오, 그놈의 참나무 당산 귀신이 우리 집에도 왔네 그려, 아이고, 아이고오오."

정신을 잃고 업혀 온 며느리를 아무리 불러봐도 반응이 없자 시어머니는 결국 방바닥을 치며 곡을 터트리고 만다.

일요예배를 위해 건넛마을 교회에서 예배 시작 전 자리에 앉아 잠시 묵상을 올리는가 싶었는데, 갑자기 엄마가 정신을 잃고 옆으로 쓰러지는 것을 옆자리에 있던 정순이 보고서는 부리나케 집으로 달려가서 엄마가 교회에서 쓰러졌다 알려 집으로 온 것이다.

"어머니, 너무 걱정하지 마셔유."

"내가 어찌 걱정을 안 해? 동네 사람들 한 집 걸러 한 집씩 죽어 나가는 판에, 애미 왜 이리 정신을 못 차린다는 거냐?"

"금방 우경이 아버지 오신다 했으니 좀 기다려 보셔유."

잠시 후 우경 아버지가 침 가방을 들고는 바삐 들어와서는 진맥을 하고 침을 놓고 해도 별다른 차도가 없다.

"정환이 할아버지, 우리 며느리 왜 이런대유?"

"이제 침을 놓았으니 잠시 기다려 보시지유."

"정… 순… 아."

침을 놓고 십여 분이 지나자 재순이 실눈을 뜨면서 개미 목소리로 정순을 찾는다.

"아이고 애미야, 정신이 드냐?"

"정순 엄마, 나 누군지 알겠어?"

"여… 기, 어… 디?"

"당신 교회에서 쓰러진 거 집에 데려온 거유."

원영이 빤히 얼굴을 들이밀며 묻고 답하자 눈을 깜빡이며 느리게 대답을 하기는 하는데 말이 어눌하다. 이윽고 팔을 들어 몸을 일으키려 하는데 오른쪽 팔만 움직일 뿐 움직임도 제대로 하지를 못한다.

“정환이 할아버지, 우리 애가 왜 이러지유?”

“풍이 온 듯싶네유, 오늘 좀 더 기다려 보시고 내일도 호전되지 않으면 천안 병원에 가 보는 게 좋을 듯싶네유.”

“아니, 젊은 애가 뭔 풍이 와유?”

“글쎄유? 요즘 뭔 심사에 고된 일이 있었든가. 그리고 원체 정순 엄마가 몸이 약해 보이기는 하네유.”

결국 다음 날도 상태가 온전치 못하여 원영이 소달구지에 재순을 태우고 큰딸 정순으로 부축하게 하여 천안에 있는 병원에 가기 위해 집을 나서는데, 마을 가운데 마당에 석인이와 우경이 이 모습을 보고는 놀라 원영에게 다가간다.

“정순 엄마 왜 이러는가?”

“어제 교회 갔다가 쓰러져서는 나아지지 않아 천안 병원에 가 보려고.”

“그려? 어여 가 봐. 에고, 괜찮아야 할 텐데.”

원영이 친구들에 간단히 답을 하고는 당겼던 소 고삐를 풀어주고는 등짝을 후딱 내려치니 달구지가 삐거덕하며 나아간다.

“아니, 동네에 이런 일이 끊기지 않고 생기는 게 요즘은 나도 사는 게 매일같이 살얼음판이라네.”

"왜 아니겠나? 나도 그렇다네."

석인과 우경이 병원으로 향하는 원영의 뒷모습을 바라보며 걱정스레 대화를 나눈다.

"이제는 왕씨네 집안에서 다른 집으로 당산 귀신이 옮겨 갔다는 말인가?"

"그러게 말일세. 이제 어지간히 왕씨네 집안 변고는 겪을 만치 겪어서 자네 말대로 이제부터는 다른 집에서 변고가 생기지 않나 싶기도 하네. 원영이 처가 저리된 거 보면."

"그렇다면 우리네도 큰일 생기지 않으리란 보장 없다는 거 아닌가?"

"아직은 꼭 그리 생각할 수만은 없는 게, 어제저녁에 원영이가 내게 한걱정을 하던데."

"집안에 무슨 일 있었다 하던가?"

"원영이 말로는 서울 사는 첫째 동생 원춘이가, 지난번 명절 때부터 집에 내려올 적마다 아버지한테 땅을 팔아 달라고 한다더군. 어제도 또 그랬고."

"땅? 원춘이 몫으로 남아있는 땅이 있나?"

"무슨, 그 몫은 원춘이 장가갈 때 이미 회끝말에 있는 논 열 마지기 팔아 줬다 했는데."

"그럼 뭔 땅을 팔아달라 했다는 건가? 설마 지금 원영이 농사짓고 사는 땅을 팔아달라 했다는 건가?"

"그렇다더군."

"무슨, 원춘이 걔 제정신인 거가? 아니 제 부모와 형네 가족 먹고사는 땅을 팔아서 저한테 주면 그럼 여기사는 가족들은 뭐 해 먹고살고?"

"원영 말로는 서울에 가게를 해서 번 돈으로 여기 생활비를 보내준다 했다더군."

"뭔 말 같지도 않은 소리를, 그래서 정순 엄마가 저리됐구만."

"자네도 그리 생각되는가? 나도 그 일 때문에 정순 엄마가 크게 충격을 받은 거 같다는 생각이 든다네."

"원영이 저 친구는 제 동생들한테 끔찍하게 생각하잖나? 그러니 아버지한테 별말 안 했을 거고, 그걸 정순 엄마가 막아내려 무진 애를 썼겠구만."

"그렇다면 참나무 당산 귀신하고는 상관없다는 말인가?"

"상관이 없기는? 집안에 그런 일이 생긴 것부터 그렇고, 엎친 데 덮친 격이겠지."

"어찌 됐든 별일 없어야 할 텐데."

"그래도 정순 엄마는 젊은 사람이니 뭐 별일 있겠나?"

"요즘 어디 늙은이 젊은이 가려가며 일 생기드나? 성태만 해도 어디 그 나이에 세상 뜰 일이가?"

재순이 천안에 있는 병원에서 의사의 진단을 받은 결과 뇌졸중에 의한 한쪽 마비가 와서 왼쪽 반절을 쓰지 못하는 상태가 될 거라는 진단을 받는다.

병원에서 나와 이 사실을 전하고 며칠 경과를 지켜보기 위해 병원 근처에 있는 재순의 친정에 들렀더니 어머니와 막냇동생이 대경실색을 하며 같이 간 정순에게 자초지종을 묻는다.

"정순아, 네 애미 왜 이러네?"

"외할머니, 어제 엄마가 교회에서 쓰러지셨어요."

"야야, 재순아, 이기 어찌 된 거네?"

"어머니, 죄송해요."

"재순이 뭔 소리를 하는 거네? 하나님께 열심히 기도해서 내가 고쳐줄 테니 걱정하지 말거래."

며칠이 지나도 재순은 정신만 온전할 뿐 한쪽 몸을 움직이지도 말을 온전히 하지도 못하는 상태가 지속되니, 지켜보던 정순 외할머니는 딸에게 마귀가 씌었다며 연신 기도에 여념이 없다.

혹시나 차도가 있을까 기대를 하고 있던 집에서는 며느리가 병원에 가던 그대로 돌아오자 시어머니는 참나무 변고를 일으켰다고 생각하고는 왕씨네를 원망하고 시아버지는 집에 동티가 났다고 무당을 불러 굿을 해서 집안에

든 귀신을 쫓아내야 한다고 하면서 부산하다.

"어머니, 왕씨네 너무 노여워하지 마셔요. 그 사람 때문에 이리된 것도 아닐 텐데 괜히 오해받으셔요."

"오해라니, 그 왕씨네 영감탱이가 동네 사람들 말 안 듣고 그리 고집부리더니 사람들 다 죽이고, 이제 우리 집까지 이리 맹글었는데 어찌 가만있겠니?"

"어머니, 제가 기도 열심히 할 테니 너무 걱정하지 마셔요."

"야야, 기도해서 나으면 얼마나 좋겠니? 그렇지만 기도해서 병을 다 고칠 거면 세상 병들어 죽어 나가는 사람이 어디 있겠니."

시어머니와 시아버지가 왕씨네 탓을 하여 이웃을 원망하고 또 무당 굿을 한다고 하는 것에 누워있는 재순은 몸만큼이나 마음도 불편하기 이를 데 없다.

"어머니, 제가 몸이 이래가지고 있어 어머니가 집안 살림하고 우리 애들까지 건사하시게 해서 어쩐대요?"

"그런 것일랑은 걱정하지 말고 아무쪼록 너는 얼른 낫기나 해라."

"어머니, 서울 서방님네 땅 팔아주신다는 거 어찌하실 건지요?"

"야가 지금 그게 뭔 소리여, 이 판국에 뭔 땅을 판다고."

"어머니, 그 땅 우리 애들 아버지 살아갈 일터구요, 그리고 우리 애들 먹이고 가르치고 해야 되는 땅이여요."

"알았다, 내 무슨 일이 있어도 네 시아버지가 땅 못 팔아주게 할 거니, 너 그런 걱정일랑 하지 말거라. 에고, 애미가 그 일로 신경 쓰더니 그예 애미를 이리 만들어 버렸구나."

재순의 돌연한 발병에 시간이 지나도 병이 호전되지 않자 결국 집에서는 병굿을 하기로 하고는 준비를 하는데, 이 소식을 들은 재순이 시어머니에게 간청을 한다.

"어머니, 저 때문에 집에서 굿 벌이지 마셔요."

"애미야, 너도 알다시피 마을에 당산 귀신이 들어 벌써 동네 사람 여럿이 죽어 나가고 있고 또 우리 집도 네가 돌연 병을 얻고도 차도가 없잖니? 그래서 네 시아버지하고 내가 당집에 연락해서 하기로 했으니 너는 신경 안 써도 된다."

"어머니, 제가 병을 얻은 건 제 몸이 안 좋아서 그런 거지 우리 집에 당산 귀신이 들어서 그런 거 아니잖아요."

"네 말대로 몸이 안 좋아 병이 들었다 해도 너같이 젊은 사람은 얼마간 병치레 후 낫는 게 이치인데, 너는 그럴 기미가 보이지 않는 것이 필시 집에 귀신이 들어서라는 게 나나 네 시아버지나 같은 생각이다. 그러니 굿을 해서 집 안에 붙은 잡귀를 쫓아내야 네 병이 날 게다."

"어머니, 더구나 저는 하나님을 믿는 사람인 거 어머니도 잘 아시잖아요?"

"누가 그걸 모른다니, 우리가 너 교회 나가는 거 뭐라고 하지 않잖니? 그러니 너는 교회 가서 하나님한테 빌고 나나 네 시아버지는 좋은 일이나 나쁜 일이나 그때마다 굿을 하며 살아왔으니 우리는 굿을 해서라도 네 병을 고치려 하는 거다."

"제가 어머니 살아오신 거 모르는 게 아닌데요, 다만 이번 제가 병을 얻은 건 마을에 도는 그런 귀신 얘기하고는 상관이 없으니 괜한 돈 써가며 애쓰지 않으셨음 하는 거예요."

"돈 쓴 것도 우리 애쓰는 것도 맘 쓰지 않아도 된다. 어짜피 마을에 당산 귀신 돌기 시작할 때 하려고 했던 건데 그때 미리 못해서 네가 병을 얻은 거 같아 나는 그게 더 속상하다."

"어머니, 제가 어머니 맘을 어찌 모르겠어요, 하지만 집에서 굿을 해야 하는 제 맘도 편치가 않아요."

"애미 너는 아무 신경 쓸 거 없다. 내가 다 알아서 할 테니 너는 잠깐 굿판에 앉아만 있으면 될 거다."

"어머니, 여러모로 신경 쓰시게 해서 죄송합니다."

"야야 그런 말 말거라, 그리고 항상 맘 편하게 먹어야 병도 낫는 거다."

재순이 시어머니에 설득을 해보고 간청을 해봐도 이미 시아버지와 결정을 해버린 상태이고 마을에 퍼져 있는 변고에 다들 막연한 두려움을 가지고 있기에 굿을 막지 못한다.

바깥마당 처마 끝에 오색 깃발을 길게 매달은 대나무 장대의 서낭기가 삐쭉하니 세워져 있고, 안마당에서는 '둥둥둥둥 깡깡깡깡' 북소리와 징소리에 맞춰 나이 든 만신이 재순을 멍석 가운데에 앉혀 놓고는 오방기를 흔들며 널뛰기를 하고 있다.

'비나이다 비나이다, 조상님께 비나이다. 조상님들 큰 노여움 푸시고 우리 며느리 병 씻은 듯이 낫게 비나이다.'

'비나이다 비나이다, 당신님께 비나이다. 황가네가 노하게 했다 해도 우리 집에 들은 잡귀 썩 물러가도록 비나이다.'

재순의 시아버지와 시어머니는 멍석 위를 널뛰는 만신을 향해 머리를 조아리고는 연신 두 손을 비벼 대며 며느리의 쾌유를 기원한다.

"여보! 정순 아버지, 나 좀 방에 데려다줘요."

시부모의 간곡한 청에 간신히 몸을 지탱하며 굿판에 앉아 있던 재순이 더는 견딜 수 없는지 굿판을 벗어나길 원하자 원영이 그런 재순을 안아 방으로 옮겨주고 나서도 푸닥거리는 계속된다.

설 명절에 재순이 발병하여 반년이 지나도록 병의 차도는 고사하고 점점 더 상태는 악화되어 가는 것이, 이제는 점점 기력도 쇠해져만 가고 밖으로의 거동은 엄두도 내지 못할 지경에 이른다.

"애비야, 애미를 어쩌면 좋다냐? 집에 굿을 해도 효험이 없고 또 병원에서도 별다른 치료가 없다 하니, 마냥 저리 두었다가는 큰일 치르지 않나 싶다."

"어머니, 요즘 먹는 건 좀 어떻나유?"

"점점 먹는 것도 줄어들고 조금만 먹어도 소화도 못 시키고 하니, 더 몸이 쇠해지기밖에 더 하겠니."

"지가 내일 천안에 가서 약을 더 지어 올게유."

"요새는 약도 잘 못 먹는 게 어디 밥이라도 제대로 먹어야 약도 효험이 있지 원."

원영과 어머니가 마당에 세워 놓은 참깨 단을 풀어 막대기로 마른 참깨를 털어내며 한걱정을 하고 있는데, 웬 처음 보는 사람들이 마당으로 들어서며 묻는다.

"여기가 재순 성도님 댁입니까?"

"예, 그렇기는 한데 어디서 오신 분들인지유?"

"네, 저희는 공수교회 목사와 성도들입니다."

"아 네, 그런데 무슨 일로?"

"재순 성도님께서 병환이 낫지 않고 있다 하여 안수기

도를 드리러 왔습니다.”

“아, 우리 며느리를 위해 하나님께 기도를 드려준다고요?”

“네, 그렇습니다.”

“우리 며느리가 어찌할는지 물어봐 드릴 테니 잠시만 기다려 보시지요.”

재순의 시어머니가 방에 들어가 재순의 의사를 확인하니 그리하시라 했다고 전하며 방문을 열어주니, 네 명의 교인이라는 사람들이 재순이 있는 방으로 들어간다.

정순 아버지와 할머니가 깨 떨던 일을 멈추고 잠시 멍석 위에 앉아서는 방 안의 동태를 살피니, 교인이라는 사람들이 들어가고 나서도 한참 동안 조용한 게 아마 기도를 드리는 것 같다.

얼마의 시간이 지나자 기도하는 소리가 들리고 또 찬송가 부르는 소리도 들리는데 그 소리 속에는 누군가 고통스러워하는 비명소리도 섞여서 새어 나온다.

“아범아, 이거 우리 애미 비명소리 아니냐?”

“그러게요. 아니, 병 낫게 하는 기도하러 왔다더니 아픈 사람한테 뭘 어떻게 하길래?”

원영과 시어머니가 의아해하며 재순이 있는 방을 주시하는데 안에서 들려 나오는 재순의 비명소리는 점점 더 잦게 되어 참다못한 시어머니가 방문을 냉큼 열어젖히니

교인이라는 사람 둘은 큰 소리로 찬송가를 부르며 재순의 몸에 붙은 마귀를 쫓아낸다고 마구 두들겨 패고, 나머지 둘은 재순을 앉게 하려는 듯 억지로 잡아 일으키는데 재순이 고통에 비명을 지르고 있는 것이었다.

"저 육시랄 놈들 같으니!"

일순 며느리의 그 고통스러워하는 모습을 본 시어머니는 댓돌 옆에 놓여 있는 싸리 빗자루를 들고는 방으로 뛰어 들어가 마구 휘두르니, 교인이라는 사람 넷이 놀라 밖으로 도망치기 바쁘다.

"저 육시랄 것들이 사람을 그에 죽이려 하는 게 아니야!"

빗자루를 손에 든 채 마당 밖에까지 쫓아 나간 시어머니는 분을 삭이지 못하고는 그 자리에 털썩 주저앉더니 그만 큰소리를 내며 울음을 터뜨리니, 영문도 모른 채 마당에서 놀던 재순의 막내아들이 할머니를 따라서 같이 우니 할머니가 막내아들을 감싸 안으며 울음이 이어진다.

"우리 막내야, 오늘 잊으면 안 된다. 저것들이 네 애미를 죽이려 한 걸."

막내아들이 울면서도 알겠다는 듯 고개를 끄덕이니 할머니의 울음은 계속되고 지나가던 동네 사람들이 겨우 달래서 둘을 집안으로 들여보낸다.

안수기도라는 일이 있고 난 후 재순은 급격히 상태가 악화되었고, 시월이 지나고 십일월에 접어든 어느 날 재순이 시어머니를 부른다.

"애미야, 왜 뭐 필요한 거 있나?"

"어머니, 우리 막내 좀 데려다주셔요."

말을 하는 재순의 표정도 전보다는 훨씬 더 일그러져 있었고 말도 어눌하기까지 했다.

시어머니가 막내를 데리고 재순이 누워있는 방에 들어가려 했으나 막내는 발을 댓돌에 뻗대고 안 들어가려는 걸 할머니가 품에 안아 간신히 방에 들여놓는다.

재순이 건넌방에서 오랫동안 누워 병치레하는 동안 재순의 막내는 그 방에 잘 들어가지 않으려 했었기에 할머니가 데리고 들어가려 했을 때도 안 가겠다고 뻗댄 것이다.

그런 막내가 할머니에 의해 억지로 잡혀 와서는 살이 쏙 빠져 앙상한 얼굴을 한 채 방의 아랫목에 누워있는 제 어미가 보기 싫었던지 재순을 똑바로 바라보지 않고 모로 돌아앉아서는 그저 한쪽 팔만 제 어미에게 잡힌 채 고개마저 모로 돌려 버린다.

"우리 막내 어디 좀 보자. 막내야, 할머니 말씀 잘 듣고, 밥도 많이 먹어야 한다."

재순의 말은 어눌하지만 한마디 한마디 막내가 알아들

을 수 있도록 또박또박 해 주는데 이를 알아들은 막내는 그저 고개만 끄덕일 뿐 제 엄마를 쳐다보지는 않는다.

"어머니, 우리 막내 조금 더 크면 꼭 안경 해 주세요. 우리 막내 눈이 저 닮아서 많이 나빠요."

"내 싫다, 네 새끼 일을 왜 내게 시키냐? 니가 언능 일어나서 해라."

재순이 여전히 막내의 한쪽 손을 잡은 채 시어머니에게 당부를 하자 그만 시어머니는 와락 부아를 내고는 막내를 데리고 방을 나온다.

잠시 후 정순 아버지가 재순이 찾는다 하여 방에 들어가니 재순이 누워있던 자세를 바로잡으려는 듯 몸을 뒤척여도 뜻대로 되지 않자 얼굴만 돌려 남편을 바라본다.

"정순 아버지, 내내 당신 고생만 시켜 내 많이 미안해요."

"내가 무슨 고생을 했다고? 나 그런 거 없으니 그런 말 말고 기운이나 좀 차리도록 하소."

"정순 아버지, 나 지금 많이 힘든 거 아시잖아요? 그러니 제가 드리는 말 잘 들어주셔야 해요.

제가 어찌 되든 교회 사람들 너무 미워하지 않았으면 좋겠어요. 그 사람들도 다 저 낫게 하려고 온 사람들이었는데. 그리고 제가 만일 가고 나서 그 사람들이 오거든 따뜻하게 맞이해 주셔요, 미워하지 않았으면 해요.

우리 어마이한테는 당신이 찾아가서 잘 말씀드려 주셔요. 천국에서 꼭 다시 만나자고, 동생들한테도 잘 전해주고요. 그리고 제가 없더라도 당신이 우리 어마이하고 재남이도 자주 찾아가 살펴주셔요.

우리 사 남매 아직 다 어려서 많이 살펴줘야 하는데 제가 없어도 남들한테 괄시받지 않게 당신이 잘 챙겨주셔요. 그동안 어머니가 저보다 더 잘해 주셨는데, 이제 어머니 혼자서는 힘들어서 안 돼요. 우리 막내 학교 들어갈 때까지라도 살았으면 좋겠지만 그건 안 될 거 같으니 당신이 애들 학교 보내는 거 해 주셔야 해요.

그리고 내가 어머니한테도 다시 말씀드렸는데, 서울 서방님이 우리 땅 팔아가지 못하도록 당신이 막아야 해요. 그렇게 못 하면 우리 애들 못 먹이고 못 가르쳐요. 그러니 다른 건 다 버리더라도 그것만은 꼭 지키셔야 해요. 우리 애들 살아야 하잖아요.

여보, 정순 아버지. 우리 애들하고 같이 제 곁에 있어줘서 정말 고마워요."

재순의 말을 아무 말 없이 듣고 있는 원영의 얼굴에 눈물이 주르르 흘러내린다.

미류나무 길

본격적인 겨울의 계절로 접어드는 날, 오전 삼 남매는 학교에 가고 막내만 남아 마당에서 아버지와 할아버지가 지붕에 올릴 이엉을 엮는 모습을 바라보다 마당 가에 빙 둘러 엮어놓은 이엉의 용마루를 기차 삼아 또래 친구들인 영희, 승배와 함께 어울려 올라타며 놀고 있고, 재순의 시어머니는 재순의 뒷바라지를 위해 재순이 있는 방에 들어간다.

"저 좀 일으켜 주셔요."

시어머니가 자신의 품에 앙상한 몸의 며느리를 비스듬히 안아 주자 그 작은 움직임에도 가쁜 숨을 몰아쉰다.

"어머니!"

"그래, 왜?"

"우리 막내, 장가가서 아들딸 낳으면 얼마나 이쁠까요?"

"그러니 언능 기운 차려 애들 시집 장가 보낼 때까지라도 살아야 할 것 아녀. 젊은 것이 이러고 있음 어쩌."

"어머니… 고맙고… 죄송합니다."

간신히 시어머니 품에 안겨 있던 몸에 힘이 빠지는가 싶더니, 맞잡고 있던 한 손이 스르르 풀려 내리며, 재순이 조용히 눈을 감는다.

"아이고! 아이고오오!"

건넌방에서 갑작스레 곡소리가 들리자 마당에서 지붕이엉을 엮고 있던 원영이 엮던 이엉을 패대기치고는 방으로 뛰어 들어가니, 어머니가 며느리를 품에 안고는 대성통곡을 하고 있고, 뛰어 들어온 원영은 넋이 나간 사람이 되어 그저 멍하니 바라만 보고 있다.

난데없는 할머니의 울음소리에, 밖에 있던 막내아들이 영문도 모른 채 따라 울기 시작하고 이내 마을 사람들이 하나둘 모여들기 시작한다.

"에이 쯔쯔, 그에 정순 엄마도 떠난 겨?"

"그리됐나 보네요. 에고, 젊디젊은 나이에 불쌍해서 어쩐대유."

"정순 엄마가 올해 몇이여?"

"나보다 세 살 적다고 했으니 서른일곱이네유."

"너무 젊은 나이다, 안 그려?"

"왜 안 그런대유, 그나저나 어린 사 남매는 또 어쩌고."

"산 사람이야 어찌 살 터지만 죽은 사람이 젤 불쌍하지 않남유."

"죽은 사람도 불쌍하지만 저 어린 게 어미 없이, 쯔쯔."

삼삼오오 모인 마을 사람들이 저마다 한마디씩 하고는 안방 마루 한켠에서 울고 있는 재순의 막내아들을 바라보며 혀를 끈다.

바깥마당 한가운데에 꽃상여가 살포시 앉아있고 그 주변을 막내아들과 또래 아이들이 무엇인지 모르지만 신기한 듯 상여 주변을 왔다 갔다 하며 놀고 있다.

"에고 저 막내아들은 오늘이 제 어미 장사 날인지도 모르잖여."

"그러게 말여유, 쯔쯔."

무슨 날인지는 몰라도 집이 사람들로 북적이고 처음 보는 이상한 물건이 마당에 놓여 있으니 그저 아이들은 신이 나 있는 모양새다.

이윽고 안마당에서 시어머니의 곡소리를 시작으로 일가친척들의 흐느끼는 소리에 마당에서 놀던 막내아들도 영문을 모른 채 따라 울기 시작하고 여장을 마친 꽃상여는 상여꾼들에 의해 집을 떠나 동구 밖으로 향한다.

"허어 허어 허어아, 허어아 에헤 에헤 하 ~"

"북망산천이 얼마나 멀어, 한 번 가이면 못 오는가 ~"

"허어 허어 허어아, 허어아 에헤 에헤 하 ~"

요령잡이의 소리에 맞추어 꽃상여는 이내 마을을 벗어나는데 그 뒤를 열서넛 먹은 어린 상주 아들과 열 살 안팎의 두 딸이 창백하니 상복을 차려입고 따르는데, 서너 발짝 떨어진 뒤로는 만장이 바람에 날린다.

이내 초가집에서의 시어머니의 한 맺힌 곡소리도 막내아들의 울음소리도 출상을 지켜보고 있던 마을 사람들의 안타까움에 묻혀져 버린다.

입동 지난 찬바람에 그리 펄럭이던 앙장도 산허리 사이 비춰지는 햇살에 그만 살포시 내려앉은 흰 구름 되어 마냥 얌전한데, 요령 소리가 멀어져 가는 길 양옆으로 이파리 떨군 미류나무가 서겁게 서 있다.